Vision

一些人物，
一些視野，
一些觀點，
與一個全新的遠景！

所以我愛上了狗

曹燕婷◎著

好消息電視台提供

ARMA

目錄

序曲

喘息著。

寒風凜冽，卻吹不進溫暖的家門；暖暖幸福，我卻依舊四季如冬。

家裡靜靜的，沒有一點聲音。她並沒睡覺，只是坐在她的位置上，安靜得像個玩偶，動也不動一下，慧黠的雙眼聰明的凝視，似乎是懂我不想被打擾。一片冷寂的靜，我看著她，心想她的小腦袋瓜到底裝了什麼？

轉動著。

她，並不是我這一生中第一隻相遇的狗，但，她卻是台灣第一代導盲犬培訓計畫中的拉布拉多——Anne；她無法擔任盲人的導盲犬一職，卻是我受傷之後的稱職心靈導盲犬——曹小安。

Anne就是曹小安，也是安安。

那一年，我二十七歲。

妳好，我是曹小安

如果一定要解釋我們的相遇，我想：這是上帝的安排。因為我是在超市買菜時，偶然間成為第一代導盲犬的寄養家庭。很不可思議吧！

我是曹小安，初次見面，請多多指教！

忙著在超級市場採購的我，心裡正一邊想著菜單裡需要的材料，推著購物車一樣一樣放進去。「啊，差點忘了小歪的狗食。」我自言自語地掉頭，回到寵物食品區。但一條偌大的布條吸引著我，「台灣盲人重建院培育第一代導盲犬，誠徵寄養家庭義工，XX狗食全力贊助……」拿著狗罐頭的我，不自覺的質疑了起來。「導盲犬？培育？」這在國外行之有近百年的計畫，台灣真的要開始了嗎？因為工作需要以及家裡移民紐西蘭的關係，導盲犬、拉布拉多、黃金獵犬，這些對我來說，都並不陌生。我將狗罐頭放入購物車中，接著在皮包中找到了筆，抄下布條上的電話。

和丈夫意見相左

晚餐時，家裡的喜樂蒂小歪嘴饞得很，吃完牠自己的晚餐，正安靜的坐在餐桌旁。「啊！我想到了一件事，導盲犬你聽過沒？」我一邊衝到臥室翻出皮包中的紙條，一邊對著丈夫說。他一臉茫然，我想是他對導盲犬一無所知，但這也難怪，他就像一般的台灣人一樣，對導盲犬很不了解。

「狗！狗！狗，家裡已經有一隻小歪了。妳怎麼從來不會考慮生孩子的事呢？」丈夫不認同的說著。

「我還年輕，不用這麼急著生啊。再說，寄養家庭只是寄養一陣子，又不是一輩子。我會跟你提，因為這是『你』的房子，總該先跟你說一聲！」我為丈夫沒分清楚生育與寄養的差別，有點生氣著。

第二天，到了辦公室，我跟二姊提到「導盲犬培育計畫」。

「台灣要開始培訓啦?拜託喔!人家國外不知道已經進行多久了呢!」二姊有點興奮，又有點覺得台灣實在慢半拍。不過，她很贊成我申請成為寄養家庭的決定。於是，我用充滿勇氣的手指，撥電話到台灣盲人重建院詢問。如果我的條件符合，我就能順利成為導盲犬的寄養家庭。

正式成為導盲犬寄養家庭

微笑著。

經過與盲人重建院的面談，他們對我的待狗方式，滿意度高達百分之九十。在一九九三年底，我接到電話，原來是第一代培訓導盲犬誕生了。那天是十二月五日，是寒冷的冬天。狗媽媽小黑順利的產出九隻拉拉，因為狗爸爸是黃色拉布拉多，狗媽媽則是黑色拉布拉多，因此九隻幼犬中，有四隻黃拉拉，五隻黑拉拉。

我相信你和我一樣，心裡也疑惑著：怎麼沒生出黑、黃混色的拉拉呢？原來，狗爸爸與狗媽媽都是擁有純正優良血統的拉布拉多，所以，不可能生出混色的狗孩子。不是黑色的，就是黃色的。看到這裡，如果你有養拉拉，希望你養的拉拉是純種的喔，如果不是純種的拉拉，請你也別因為品種而遺棄牠哦！

胖嘟嘟的Anne

「曹小姐，我們就快到您的辦公室了，請問有地方可以停車嗎？」盲人重建院的莊小姐來電詢問停車位的事。我告訴她停車場的位置。約莫二十分鐘後，我們就看見

曹小安三個月大時的可愛模樣。

了胖嘟嘟的Anne。

「好可愛喔！」「怎麼那麼胖啊？」「好想抱牠喔！」「好小一隻喔！」辦公室因為Anne的到來，引起一陣不小的騷動。同事們七嘴八舌，你一言我一語，又摸又說的，把五十天大的Anne當作玩具一般。

「好了，請回去繼續工作。我跟莊小姐還有事要談。」我不得不嚴肅起來，請大家回去辦公。二姊倒是扮白臉的說：「現在先工作，等她們談完，再讓你們輪流摸狗狗。」

莊小姐告訴我如何訓練Anne，以及最重要的，要當一隻導盲犬，「服從」是最基本的條件。與莊小姐充分了解及溝通之後，辦公室裡就多了一位不速之客——Anne。牠可愛、幼小又略嫌肥胖的軀體，在會議室不停扭動。待Anne慢慢走進辦公區，又是一陣陣的笑聲與騷動。

我跟著笑說：「好吧！既然你們那麼喜歡牠，給你們十分鐘，讓你們輪流親近牠吧！」話一說完，只見同事們全離開座位，包括二姊也匆匆跑出她的辦公室，人高手長的一把抱住小胖妞Anne。

人人稱讚的Anne

「妳怎麼那麼可愛啊！」二姊邊摸Anne邊笑著說。的確，小拉拉的可愛，讓人難以抗拒。大家全沒了上班的心情，因為Anne純真、可愛的表情，不斷地散發自然、不做作的魅力。

突然間，一聲尖叫。「啊！怎麼尿尿了？我的衣服啦！」尖叫聲來自二姊。僅僅五十天大的Anne，還沒被訓練定時、定點如廁的習慣，所以二姊美麗的上衣變成溼答答的一片。同事們笑翻了，而肇事者Anne被放回地上之後，卻快速地跑回會議桌下面坐著，彷彿知道自己闖了禍。雖然沒有人責怪牠，牠卻一臉的無辜，這應該是拉布拉多的一致表情吧——無辜。

下了班，我帶著Anne回到中和住處。一進門，喜樂蒂小歪馬上歡迎Anne，沒想到丈夫也開心的說著：「她好可愛，好胖！」並伸出手來迎接我們。丈夫一百八十度的態度轉變，也使得我原本七上八下的心情，頓時放鬆了下來。

漂移著。

「Anne，要坐好喔。我們一起去上班吧。」我一邊對Anne說，一邊把一件舊毛衣鋪在車子的前座上。冷冷的冬天，我實在擔心年幼的Anne不能耐寒，所以用毛衣將牠團團圍住。

我上了駕駛座，開往公司的方向。途中，如果沒什麼車，我就會加緊油門。喜歡速度感的我，向來就愛開快車，而且很擅長鑽，只要哪裡有空檔，我就變換車道，為的是節省時間，也能感覺自己的駕車技術很厲害。

「妳為什麼睡睡醒醒的呢？」我對坐在旁邊的Anne說著。因為就在等紅燈的空檔時，我發現，Anne其實很想睡，但是，只要我開車稍微猛了點，五十天大的Anne就會變換姿勢，而且睜著一雙大眼睛瞪著我看，這種狀況已經持續了好多天。

教安安的第一課

到了公司，我把在懷中的Anne放在地上，任牠自由走動。Anne會和公司其他的兩隻流浪狗一起玩，我則專心的辦公，只是不定時的會過去看看Anne。應該是年紀小吧，Anne多半都在睡覺，常常玩沒兩下就累了。

「Joyce，這張報價單有點問題，我看不懂耶。」公司美眉臉帶愁困的進了我的辦公室。我伸手接過來看了一眼，將她的疑惑解釋清楚後，她一轉身，「啊！對不起！」公司美眉的道歉聲，夾雜著可憐兮兮的哀嚎聲。原來，Anne當時正站在公司美眉的身後，嬌小的她被踩了一腳。

「對不起，安安！」公司美眉蹲著跟狗狗說話。

「安安？」我也關心地問了一句。

「Joyce，辦公室每個人都是用英文名字，我覺得Anne可以跟我們不一樣，所以啊，我就叫了牠的中文名字，不知道可不可以？」公司美眉Tiffany傻笑的說著。我覺得這個點子倒是滿不錯的。說實在話，叫Anne還真有點不知道是在叫員工、同事，還是狗狗呢。

「好呀，以後就叫牠安安吧。這個名字不錯聽啊！跟牠的樣子一樣可愛。」我點點頭。

除了上班，我還必須分心注意安安在做什麼，同時，我也得開始教牠定點大、小便，因為，這可是盲人重建院交給我的第一個功課。不過，這並不困難，因為公司所收養的流浪狗，本來就讓我與二姊訓練有素。狗籠是牠們的廁所，不管公狗或母狗，一律蹲在狗籠內小號及大號。安安會跟著牠們做，因為狗是會學習模仿的動物，牠們和人一樣，也都是過群體生活。

我以後是導盲犬哦！

Anne成了一隻朝九晚五的「上班族」。Anne每天跟著我上下班，她的服從性很好，在辦公室也很認真的學習。但一個令我們不知所措的震撼來臨了。不過，我和Anne都有信心一定可以勇敢面對。

我以後的名字是導盲犬。求求你們，救救我……

我慢慢發現，同時養幾隻狗並不見得是一件麻煩的事，當然，前提是必須在自己的能力範圍內，例如：時間、空間、經濟都允許的話。

以教安安到籠子中排泄這件事來說，當她隨地亂大小便時，首先，我會拉她到製造骯髒的地點，以柔性的口吻，對她說這樣是不對的，她應該要到籠子裡面解決。如

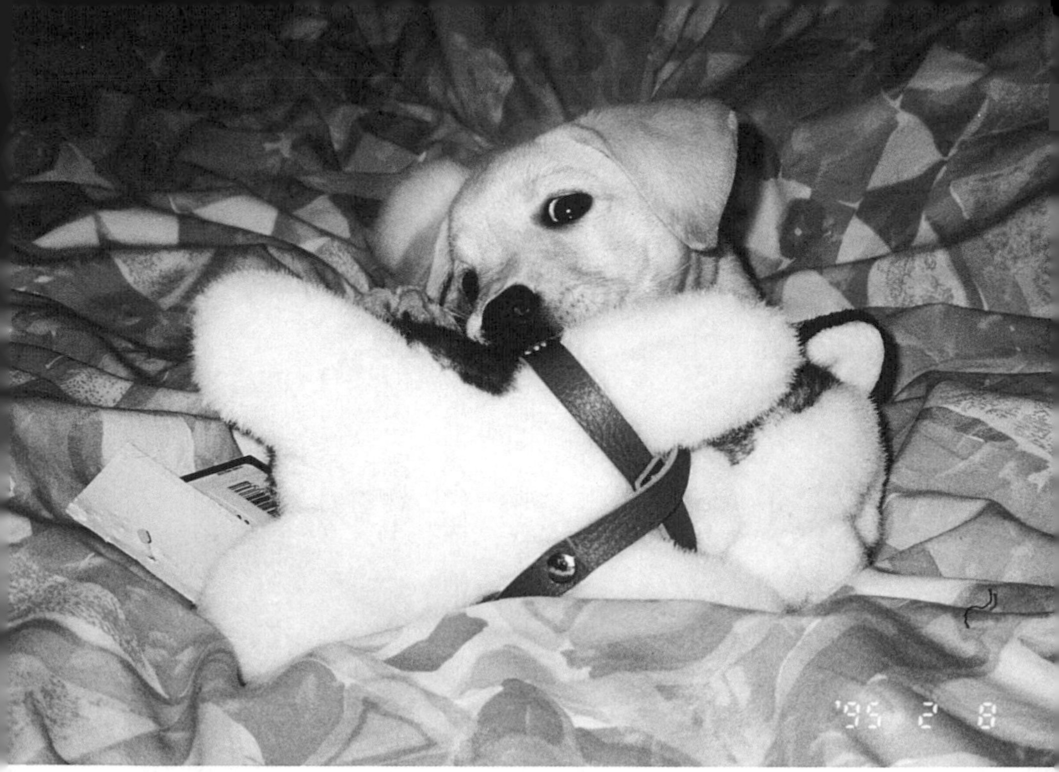

曹小安的小玩偶。

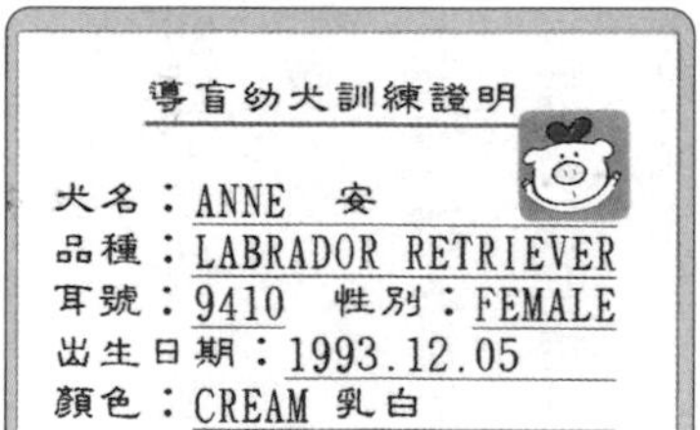

導盲幼犬訓練證明

犬名：ANNE 安
品種：LABRADOR RETRIEVER
耳號：9410 性別：FEMALE
出生日期：1993.12.05
顏色：CREAM 乳白

此犬隻為臺灣盲人重建院附設導盲犬訓練所所有，現正進行生活訓練中，懇請給予協助，無限感激，謝謝。

如有批評指教，請電：(02)998-5588。

臺灣盲人重建院附設導盲犬訓練所
地址：臺北縣新莊市中正路 384號

曹小安的身分證。

果，安安仍然繼續隨地大小便，我就會稍微地處罰她。一個月後，在我的柔性口吻中，及在其他狗狗的耳濡目染下，她學會了定點大小便。

有時候，看安安突然匆匆忙忙跑進狗籠，然後屁股一蹲的撒尿，真是可愛極了。在我的密集訓練中，安安一天天的改變。除了長大之外，我們也共同完成了第一份功課，即定點大小便。她也最聽我的話，讓我覺得無比窩心。

轉眼間，安安來到我們這個寄養家庭也已經有兩個月了。安安的一切都在進步中，她不會去樣品間破壞東西，與別的狗狗互動也很好。我帶她去辦公室上班，一點也不會影響我的工作。另外，我也與二姊輪流處理狗籠內的報紙，畢竟，這些狗狗是我們要養的。把清潔狗籠的工作丟給公司的其他同事做不太公平，雖然他們偶爾也會主動幫忙。

安安反對我開快車

「咦，妳吃了什麼呢？怎麼有點軟便？」我一邊整理狗籠，一邊對著趴在腳邊的安安說話。安安倒是安靜得很，平時，她會跟小白狗、哈士奇一起玩耍的，今天或許是累了吧，她趴在我的腳邊，似乎在枯等著下班。

「妳今天好像慵懶了點？」我對著正努力上車至前座的安安說。此時的安安已經開始練習自己上車，必要時我也會扶她一把。因為安安年紀還小，所以我還是允許她坐在椅子上，過些時候，我將會訓練她，讓她搭車時僅能坐在前座的腳踏墊上。

這一點也是盲人重建院要求導盲犬必須學會的。當安安搭我的車時，我必須規規矩矩的開車。因為打從她第一天搭車時，我就發現，雖然她年紀小，小小腦袋瓜可聰明得很，喜歡開快車的我，一旦速度加快，她就會從原本趴在椅子上的姿勢，變成坐在椅子上，然後用兩隻大大的眼睛看著我。幾次下來，我也懂得安安表達反對我開快車的方式。有趣的是，只要我車速放慢、不亂鑽，安安睡得可香甜呢！

安安拉肚子

不過，今天我很規矩的開車，安安卻時起時坐，還有點不安的哼哼叫著，這是什麼意思呢？「安安，妳不舒服嗎？妳看起來怪怪的耶……」我對著下車的小安自言自語著。我們倆走著走著，安安突然蹲了下來。我想我已經知道安安怎麼了，她肚子不舒服。我也馬上翻開皮包，把準備好的衛生紙與垃圾袋拿出來。安安拉了一坨屎，這是她第一次在家裡的停車場解決排泄問題，平常，她只在辦公室或家中的狗籠排泄。

我想，這一次，她一定是忍不住了。

打開家門，迎接我們的是我的另一隻狗狗——喜樂蒂小歪。自從曹小安加入我們家，小歪每天都高興得不得了。小歪和曹小安兩隻狗永遠有著充沛的體力狗來瘋。

「什麼東西啊？臭死了！」丈夫臭著臉問。丈夫是龜毛的處女座，所以家裡不能有一點髒亂及狗味。還好，本身也有點潔癖的我，可以把家裡整理得讓他沒話說。

「小安拉肚子啦，當然臭啊！」我一邊洗著手，一邊準備做飯。以往，我準備晚餐時，小歪和曹小安會狗來瘋地邊玩耍邊期盼著飯菜，但是，今晚的小安耍孤僻，她獨自坐在角落，不管小歪怎麼逗她玩，她就是不理不睬。

「小安，跑那麼快幹嘛？」我把飯菜端放在桌上，對著正往陽台方向跑的安安問。糟糕！安安又拉了一堆。我連忙關上陽台的鋁門窗，否則，這臭味飄到餐桌那兒可不好。

「咦？怎麼有點血啊？」我緊張的叫出聲。我從來沒碰過這種情形，雖然我養狗已有十多年的經驗，狗拉肚子碰過，但拉到帶血的，只有過一次，那是童年時家裡養的拉薩狗，當時他得了腸炎，最後也沒救回來。天哪！安安可千萬不要跟當年的拉薩狗一樣。

安安拉出一攤血

掙扎著。

曹小安也想玩捉迷藏。

小安一整個晚上都很沒以往的精力，她不再和小歪追趕跑跳碰，她只是安靜的窩在地上，要不是就匆匆跑向狗籠繼續拉屎。小安每次的排泄都讓我心跳加速，因為，我很害怕看見血跡斑斑，偏偏愈來愈多的血夾雜在她的糞便中，而且，她也愈來愈密集的奔向狗籠。

我幾乎掉下眼淚，我在怨。老天爺啊！小安是有著任務的狗耶，她才多大，為什麼讓無辜的她受苦？睡前，我到小安的狗籠看她，心裡正想著第二天要做的兩件事：一是打電話通知盲人重建院，二是帶著小安去就醫，正當我準備跟她說晚安時，「啊！妳怎麼會這麼嚴重呀？」我大聲的尖叫，我的淚水奪眶而出。因為在我面前的小安，竟然拉了一攤血出來。

「什麼事鬼叫成這樣？」丈夫邊從臥室裡走出，邊不高興的說著。我已經慌張的不知如何應對。「她怎麼拉成這樣？快！送醫院！」丈夫一見到眼前的狀況，明快的馬上做了決定。當時將近晚上十二點，獸醫院都打烊了。我只能冒昧打電話叨擾大姊，大姊告訴了我幾間有急診服務的獸醫院。

守著安安，無法闔眼

「曹小姐，說實話，她的腸炎滿嚴重的，加上她的年紀小，三個月大的抵抗力有限。我只能盡量幫她打點滴，她撐得過這個晚上，就有希望，否則……」「我了解，但是，請你務必盡量醫治她，她不是我的狗，是盲人重建院的培育犬，萬一怎麼了，罪惡感會跟著我一輩子。醫師，請幫幫她。」我滿身擔心的說。我和丈夫留在醫院，陪小安注射點滴到天亮。另外，醫師也建議我們等天亮之後，請重建院帶小安去治療，畢竟重建院比較了解小安的狀況。

那一個晚上，我一分鐘都沒闔過眼，因為，我怕小安會不聲不響的離開。我真的好怕，當然也非常的不捨。好不容易熬到天亮時分，小安終於撐過那個決定宿命的夜晚。我看著她小小的身體，乖乖地躺著打針一個晚上，那一刻，我覺得小安一定擁有堅強的求生意志。

重建院帶走小安後，我又開始一個人上班、下班的日子。少了小安，我也開始開快車，而且有縫就鑽。但是，等紅燈時，我總忍不住望著駕駛座旁的位置，少了小安，這位置空盪盪的。不過，屬於小安的毛衣與毛巾，仍然放在座位上，伴著我的想念。

雖然我與小安只相處十幾天，但是我真的思念，也真的擔憂那小小的培育導盲犬。「她抵抗得過腸炎的惡勢力嗎？」我常常憂煩的想著。「叭！叭！叭！叭……妳會不會開車啊？」「按什麼按啊？慢幾秒鐘會怎樣！」我探出頭，朝猛按我喇叭的計程車司機回嘴。對小安的思念與擔心，讓我的心情也大受影響。

安安戰勝病魔

「她現在的情況好像不錯耶！」重建院替小安所安排的獸醫師對著我說。我摸著小安的身體，她也搖著尾巴猛舔我。「再觀察幾天，她應該就可以出院了。第二胎的四隻拉布拉多死了三隻，Anne的求生意志很強。」醫師告訴我這件遺憾的事。原來小安同父異母的弟妹們只剩下一隻，我的心裡感慨又激動，於是，我更緊緊地擁抱住小安，感謝老天爺讓小安勇敢戰勝病魔。

「曹小姐，我預計後天帶Anne到您的辦公室，她已經痊癒了。方便嗎？」重建院的莊小姐在電話中告訴我這個好消息。我一邊拿筆畫著出口文件上的錯誤給同事美眉，一邊耐不住歡欣的回答莊小姐，「我非常非常歡迎小安的歸來。」

掛上電話的我，口氣溫柔的叫著：「Candy！妳那份要交報關行的文件錯誤百出。麻煩重新整理一張給我看。」平時工作上不太給同事出錯機會的我，今天例外。因為，上天都可以給小安再活一次的機會，我們又為什麼不可呢？

經過十幾天的分離，小安的小腦袋卻還記得她希望我安全開車的「安式規則」。我寵著她，我不再隨便變換車道，也不開快車。其中沒有什麼道理或原因，只有一個字：愛。

妳怎麼哭了？

八年前的九二一大地震，台灣幾乎碎掉。但世界是溫暖的，很多國家帶著「搜救犬」拉布拉多來台協助找尋生還者。拉布拉多也多了被了解的機會。但，拉布拉多也因為表現太好，而被人挖掘到另一個環境。

媽˙ㄇㄧ，為什麼是別人牽著我？他們要帶我去哪裡？為什麼妳哭了？

無言著。

拉布拉多是中大型犬，成長的速度很快，沒幾個月，小安的體型已經跟喜樂蒂小歪一般大。偶爾，利用午休時間，我會帶著小安去外面遛遛。畢竟，之後的工作是引導盲胞走路，而非一直待在室內吹冷氣、與其他狗狗玩耍，或搭著轎車上下班，像一個若有似無的上班族。

把握黃金訓練時間

依照重建院的規定，小安必須走在我的右前方，而且不能亂撿食地上的食物，她走路的節拍也必須跟我的腳步一樣。小安沒有權利決定走路速度的快慢，不像我們在路上看見的一些大型狼狗，常拉著主人快步，甚至小跑步，讓我們弄不清楚究竟誰才是主人。

這些日常的種種訓練，都是我們寄養家庭必須配合的。其實，我這個愛狗如命的「狗痴」也知道：如果想要把狗狗教養好，黃金時間是他們兩個月到六個月的成長期時，如果錯過這段時間，想再調整他們，只有一個字：難。

「好漂亮的狗呀！」「可愛的土狗，真是漂亮！」每一句話都讚美著小安。十四年前，台灣並沒有拉布拉多，但是，這些錯誤的讚美，我都欣然接受。

其實小安並非土狗，但，她的確愈大愈突顯出那優美的體態、線條。

「小姐！小姐！我請問妳——」一位氣喘吁吁的先生從我身後拍了我一下。

「什麼事？」我轉頭狐疑的看著他。「我……追……妳好一會兒了。請問妳……這隻狗在哪裡買的？我……從沒看過這麼漂亮的純種土狗。妳……告訴我，好嗎？」看他充滿誠意的表情與口氣，我不禁笑了起來。

我一邊給他一張面紙擦汗，一邊解釋著：「這麼漂亮的土狗」可是買不到的，這是台灣第一代導盲犬計畫中的培育訓練犬。我也趁此機會，幫小安解釋她的血統：「她們其實是拉布拉多，不是土狗喔！」我微笑轉身離開。只聽見他大聲的說：「小姐！謝謝妳啊！導盲犬要去哪裡問呢？」

「你打個電話到盲人重建院了解一下吧，別客氣。」我回頭大聲的回答。他揮揮手告別。

安靜又乖巧的天性

轉眼間，小安已經半歲多了。一九九四年八月一日在晶華酒店舉行「台灣第一代導盲犬記者會」，所有的寄養家庭，帶著重建院交給我們的拉布拉多，在記者會大廳的後面房間等著，他們將在記者會中亮相。

這九隻分別已久的兄弟姊妹似乎……似乎已經忘了彼此有著相同的血緣關係，他們只是互搖尾巴，但卻還是跟隨在寄養家庭身邊。不過，很難讓人相信，儘管他們是那般的陌生，卻沒發出任何問號式的吠叫聲。他們安靜的端詳彼此，沒有任何的追趕跑跳。

是因為有繩子牽著他們嗎？不過，即使有的寄養家庭沒拉著繩子，他們還是很有秩序的坐在原地。在那一剎那，我完全喜歡上拉布拉多的天性——安靜與乖巧。當記者會進行到重頭戲，也就是所有導盲培育犬出場時，全場一陣歡呼加上如雷的掌聲，太美了，真是太高雅了！他們的模樣、他們的守秩序、他們的安靜。儘管記者們閃光燈一閃一閃，還有電視台的攝影，但是，他們依然維持一貫的安靜與乖巧。

無法承受的傷感問題

中視新聞及真相新聞報導採訪小安，接受採訪的是我當時六歲大的外甥女。因為，記者會舉行之後不久，寄養家庭將結束任務，所有拉布拉多將回到重建院接受訓練。而記者訪問的內容是：小安離開後我們的想法。這個問題對我而言，實在是太傷感了，所以我請我當時六歲大的外甥女接受訪問。結果，可愛的外甥女邊回答記者的問題，邊流淚。

但是，重建院常常通知我一件事：接受採訪。

我不知道原因，也沒有開口多問。或許，在重建院平常的觀察中，小安的表現不錯。換句話說，我教育狗狗的方式受肯定。其實關於這一點，我是很有自信的，因為我愛狗、了解狗，當然也希望他是一隻有規矩的狗。

報紙、雜誌都有小安的報導，這些相關報導我像寶貝一樣留存著。因為，我總認為跟小安的相遇，是一場不預期但甜美的邂逅。

安安將離開寄養家庭

「曹小姐，過幾天華視新聞要去採訪您。這是最後一個採訪，真是麻煩您了。」重建院莊小姐在電話中說著。

「咦？這麼快啊？」我停下手邊的工作，漫不經心地轉起筆來，那麼這就表示——小安將在華視採訪結束後幾天離開，她將回到重建院開始接受訓練。我望著辦公桌上的桌曆，記憶慢慢開始往後退。我想起小安當初被交到我手上，五十天大的模樣，可愛的一幕幕都好清晰。如今，好像原本屬於我的要被剝奪了。

我忍不住伸出雙手，無限憐愛地摸著小安。

「Tiffany啊，找我的電話，要先問對方是誰，再轉給我。我這幾天在看會計師給我的報表，煩得很。」我找藉口跟同事說著我的煩心。其實，我煩的是小安的即將離開。

祈求與神經兮兮還是沒用的，三天後，我被告知採訪的確切時間，而且，重建院的莊小姐也會來我的辦公室一起接受採訪。對我與小安來說，好一個蒼茫的別離，又蒼茫又憂傷。而且，一採訪完，莊小姐就會直接帶走小安。電視台要拍攝的重點就是：小安離開寄養家庭的畫面。真是殘酷得可以……

好想拒絕喔，但我能拒絕嗎？我能嗎？我沒有拒絕的資格，因為，我不過是寄養家庭，小安本來就屬於盲人重建院的嘛。

「待會兒，我們在會議桌邊採訪好了。我會先訪問妳，接著採訪莊小姐，然後攝影師會拍曹小安的一些動作，例如跟其他狗狗的互動。另外，曹小安有沒有特別會些什麼？」記者小姐親切地解說並問著，但我實在提不起精神，我勉強地回答：「她會接球，也會從我姊的辦公室送文件到我房間。」

安安不肯離開寄養家庭

其實，我內心裡擔心的是，小安會不會不願意跟莊小姐離開？因為，我們一直在訓練小安只認主人，不能隨便跟人跑，否則，小安以後要怎麼幫視障人士的忙？我也擔心我會因此失控，我會因為無法接受與小安的分離而淚灑攝影機前。

還好一切的拍攝都十分順利。當我套上小安的狗鍊，她如往昔高興的搖著尾巴，彷彿準備好跟我一起去散步，只可惜，這是……我……最後一次幫小安套上狗鍊，小安，回去妳真正的家……重建院吧。

我緩緩地將狗鍊交給莊小姐。我預料中的事情果然發生了，小安不肯走，雖然莊小姐硬是拖著她，但她就是堅定地站在原地，一動也不動，而且她的雙眼還看著我。

「還是把鍊子交給我吧！」我對著莊小姐說，一邊伸出我的手。小安果然跟著我的腳步出了公司的玻璃大門，我沒說什麼，便將狗鍊交還給莊小姐，不捨但仍迅速轉身的推了門進公司。小安隔著玻璃大門，無奈的看著我。她搖著尾巴，一個個的問號在她的眼神中閃爍。我掩著臉，讓淚水流下。攝影師則專心的拍下這殘酷的一幕。

幾秒鐘後，公司的女員工都哭了。

請原諒我的搗蛋

人，犯錯難免，更何況是安安？安安的出現與離開，深深影響我的情緒。但，我卻因此看清一個男人的婚前婚後，標準的兩面假象與虛偽。

媽·ㄇㄧ，對不起。我不喜歡lonely嘛，但我沒想到結果會這麼嚴重……

憤怒著。

「妳每天都不太說話，老是臭著一張臉，到底是為了什麼事啊？」我收碗筷時，丈夫問我。

對安安的濃烈思念

小安的離開，確實讓我失魂落魄了好幾天。開車時，我總不自覺的看著駕駛座旁的空位，當到辦公室看見狗狗們列隊歡迎我，總覺得少了一張熟悉的面孔。回到家，小歪也一副懶洋洋的模樣，因為缺少了一個玩伴。看到這情景，教我如何不想小安？我以持續的沈默回答丈夫的問題。

我點了一根菸，心裡想著：當初決定要當寄養家庭，到底是對，還是錯？

「我不知道妳為什麼要去當導盲犬義工。不過是一隻狗嘛，妳想小安，對吧？真是自找麻煩！」丈夫不耐的說著。

我吸著菸，心裡繼續想著，好一個自找麻煩。但我是自找麻煩嗎？我卻無法認同丈夫說的「不過是一隻狗嘛」。對我而言，小安已經不只是一隻狗。

訓練狗狗，並信任他們

那是一個週末，一個聚會搓麻將的日子。

「清一色，莊家自摸。嘿嘿，我算一下幾台，哈！」二姊得意的連莊，前東吳大學外語學院院長謝志偉說話了：「這個莊家今天很旺，看我等下怎麼漂亮拉莊，嗯……肚子有點不舒服，先去拉肚子。」看他高速度的跑向洗手間，我們笑得很愉快，雖然被連莊吐了不少錢，但，我們的老牌搭謝志偉，就是會讓我們微笑被連莊、自摸，讓我們很有牌品的面對輸贏，也很有修養的不分藍綠，純打牌，不談政治。輸的三家不願退縮，全部都要求繼續上訴，一直到凌晨兩點多，我們才結束這場幾乎每個月都有的例行聚會。

我的養狗哲學是：相信他們，也讓他們自由。從小訓練他們該有的規矩，也常跟他們說話。千萬別不相信，狗狗們不但會聽，也會懂，更會在每一次的處罰中領悟出你的道理。

彼此信任是當我家狗狗的必修學分，只要通過我的幾次抽考，就可以開心的在家閒晃，不必接受一般的「關進狗籠」哲學。不過，我每回走出家門前，還是會對他們耳提面命：「乖乖在家，不准亂咬東西、亂大小便，否則看我怎麼修理你。」喜樂蒂小歪總是遵守，至於曹小安，有一次，我提心吊膽地去洗車，讓她跟小歪在家裡，說實話，當時我真的沒把握小安能通過我的抽考。結果，她贏得十分漂亮。

一場風暴

彼此信任，讓我放心的把小安跟小歪再次自由的留守家中。雖然今天時間長了點，但，我對他們有信心。當走到家門口時，我輕輕轉開大門的鎖，深怕吵醒了可愛的狗兒子、狗女兒。

但一推開大門，我卻開口尖叫。大便、尿尿、乾狗糧、餅乾，所有放在架上的東西全部被拖到地上，還撕開了。我知道小歪不會這樣做，那麼就是曹小安了。

曹小安和玩偶一塊兒玩。

小安長大了，她只要一跳起前腳，就搆得到架子上的食物。小安不但把家裡弄得亂七八糟，她和小歪的身上也髒了。

「妳愛當義工啊！自己慢慢弄吧！加油哦！」丈夫帶著責備與幸災樂禍的口氣。我不想浪費時間跟他爭，我清理著房子，兩隻狗又需稍微幫他們整理一下，實在忙得我暈頭轉向，抬頭看了時鐘，還真的懷疑是誰調快了時間，怎麼一下子已經過了一個鐘頭了。

不得已，我開口請丈夫幫忙。「請你……幫我把狗狗們身上髒的地方沖一下，可以嗎？」丈夫還是臭著一張臉，把小歪跟小安分別帶入浴室去。

當我把家裡打掃得差不多，整個人癱坐在乾淨的地板上，我的視線瞄向肇事者小安。我想喜樂蒂小歪是不會這樣做的，因為小歪已經習慣，也已經長大了。小安不同，她雖然個頭大，可畢竟還是一個沒滿週歲的小朋友，我確信這都是小安的傑作。

雖然，拉布拉多是很貼心、懂事、智商很高的狗，但是一旦瘋起來，也是不得了。

由憤怒轉為心疼

「小安，妳過來！」我母性的雄風被她逼出來，我生氣的叫著她。當她緩步走到我面前，我卻看到她頭上流著血，雖然不是很嚴重，但確實有個小傷口，我趕緊拿棉花棒幫她擦一下。

「她為什麼頭上有傷口，還流了一點血？」我朝著在臥室的丈夫問。

「因為她欠揍。我幫她沖洗的時候愈想愈氣。妳沒事當什麼義工啊妳？」

「你不知道導盲犬對盲人來說很重要嗎？」

「那又怎麼樣？我們又用不到！」丈夫繼續發怒。

我沒好氣的回答他：那是因為你眼睛看得到，在國外早就有導盲犬了。台灣現在著手這個導盲犬計畫很好啊，雖然遲了點。

「你到底怎麼把小安弄成這樣啊？」

「我——不——爽——她！在家裡造反，弄得又髒又臭。沖洗的時候，我拿蓮蓬頭敲她的頭，因為她欠揍。妳啊，自找麻煩！」

我摸著小安的頭，不再回嘴。本來要處罰小安的心態，轉為心疼。也從那天開始，小安不再聽丈夫的呼喊。小安聰明的分辨出她被誰喜歡，還有她該喜歡誰。

「是我自找麻煩嗎？嗯……應該不是吧，是他難以溝通吧。」我一邊收拾桌面與菸灰缸，一邊想著我與丈夫之間的不愉快。我承認我與小安相處了半年多，彼此已有深厚的感情，而小安得回去重建院的事實，讓我的情緒低落是事實。尤其，我是個超級狗痴，甚至可以說喜歡狗勝過喜歡人。

二姊的貼心建議

奔跑著。

「錯了，錯了，所有報表重做！」

「喂，什麼？請假？你又請假啊？你的事情也太多了吧！明天準時來上班，否則就別來了！」

「怎麼妳用電腦就當機啊？打電話找人來修！」所有公司裡的問題都被我視為眼中釘，每個人也都小心翼翼的面對異樣的我。

「Joyce，妳能來一下嗎？」二姊把我拉進她的辦公室。

「小安本來就不屬於妳。別忘了，妳只是寄養家庭，當妳想她的心情擾亂妳上班的情緒時，同事會受不了的。也許，妳可以利用週日去看看她呀。」

對小安長達幾個星期的思念，我的心情已經有些低落，一旦再遇到不順心的事，心情更像溜滑梯一樣，直直滑落。但我怎麼沒想到問問重建院，我能不能去看看小安。我想，像重建院這麼有愛心的單位，應該也可以理解寄養家庭與狗狗之間深厚的感情。

「謝囉。Michelle，妳的提醒真是太棒了！太有建設性啦！我現在就打電話詢問莊小姐。哈哈！」我暫時忘記低落的心情。我跑跳著，帶著久未露面的微笑奔回我的辦公室，我期待滿滿地翻開電話簿。

與安安的週日約會

結果呢?的確沒有讓我失望。莊小姐迅速的解決我思念小安所引起的情緒「微積分」——（危機分）。莊小姐答應我每週可以去探望安安一次，但，不允許帶食物。

理由很簡單，現在九隻拉布拉多正在接受訓練以及篩選，因此一切從嚴。這個要求，我完全配合，也完全支持。其實我只要能看看安安，看看她是不是過得好，就已經是奢侈滿足了我的思念。

於是，幾乎是每週的星期天，我都與安安約會，也跟她的兄弟姊妹一起快樂的奔跑，在那一塊屬於他們玩耍及放風的草地上。不過，從莊小姐口中，我才知道安安的拗脾氣。當兩隻狗被分配到同一個狗宿舍房間中，安安跟誰都處不來，甚至打架，最後終於找到一隻可以跟她和平相處的狗——Barbara，也就是第二代拉布拉多導盲培育犬唯一存活的那隻，當然，也可以稱她是安安同父異母的妹妹吧。「安安，我來看妳囉！」我又利用週日去探望接受訓練的安安。只是，突然發現……怎麼少了那麼多隻狗呢？

「哈囉，Barbara，妳別老是搭著我肩膀嘛，聞髮香是嗎？呵……」

「嗨，曹小姐妳來啦。」工作人員跟我打著招呼。

「Barbara很喜歡妳喲，總是搭著妳的肩膀。」

「她喜歡聞我的長髮。每次我蹲下來摸安安的時候，Barbara的鼻子總一直埋在我的頭髮中。但，請問一下，怎麼少了那麼多隻狗呢？好像只剩下安安、她爸媽，還有那隻安安的姊姊，外加Barbara。」我滿腹疑惑的問著重建院的工作人員。

「其他的狗都被淘汰了。因為日本訓練師觀察下來，只有Anne以及她的姊姊Aggie比較適合。所以，只有她們倆要繼續接受訓練。」工作人員給了我這個令我有點意外，又有點驕傲的答案。

曹燕婷和曹小安、小歪的合照。

那麼，這也表示我是個稱職的寄養家庭呀。那一天，在與小安的互動中，我帶著得意的心情。因為，我相信再過不久，小安將成為盲人的眼睛，將成為台灣第一代的導盲犬，這也證明我教導狗的確有一套，不用頒獎，我已經感覺榮耀在我身上發光。

在開車回家途中，我竟不知不覺的放慢速度，也不亂鑽，遵守著安安的「安式駕車規則」。此刻，我完全沈浸在安安的成功培訓中。一想到安安的未來，我溫柔地傻笑著轉動手中的方向盤。這可是生平第一次，我不再酷酷的開車。

突如其來的一場爭執

「曹燕婷啊，妳今天怎麼沒去看安安，捨得來跟我們打牌呢？」

「謝謝各位。自摸，哈哈。」我亮出八萬一張。

牌搭們將對我的思念，轉為拿出皮夾的無奈感覺。說真的，我看見他們的表情還真想大笑。因為那天是個陰雨連綿的週末，所以我才取消跟安安的約會。

「安安極有可能成為台灣第一代導盲犬，現在只剩下她跟她姊Aggie接受訓練。說真的，我教狗狗還滿有一套吧！公司裡的流浪狗還不都是乖乖的遵守我的規則，現在更證明……」我高興地跟牌友們分享好消息。

「哇！曹小安將成為導盲犬，真令人高興！」大雄跟著一起開心。

「狗！狗！狗，妳從來都沒有想過生孩子的事。我是獨子，責任很大，我媽也一天到晚在問。」丈夫又開始責怪人了。

丈夫似乎永遠都不了解，夫妻間互留餘地與空間的重要。

我對丈夫的責備沒有回應。瞬間，只聽到搓牌的聲音，大家都專心地打牌。我安靜下來，不再談那令我驕傲的快樂感想。因為，我知道該如何破解他的惡劣態度——以不變應萬變，這招挺管用。

「又不說話了？妳到底是在想什麼啊？」在返回中和的途中，我持續的閉口不言。安靜與沈默還是招惹他了。

「我到底在想什麼？」其實我也說不上來。也許就是單純的思念安安，也或許是為她的未來高興吧。

「跟妳講話，妳是不會回答啊？公司有狗，家裡也養狗，妳的生活圈哪一點缺少狗了？安安也不過是一條未知的導盲犬。妳高興什麼？妳用得到嗎？」丈夫扯開嗓子的聲音，在狹小的車內空間，如雷貫耳地驚嚇再度陷入想念安安思緒的我，我再也耐不住的反唇相譏。

「你吼什麼啊？你講夠了沒？我喜歡狗，你又不是不知道。今天安安的成績是我的驕傲，就算是未知，我有我亂想的快樂，礙到你了嗎？莫名其妙！」我不悅地反駁回去。

「驕傲？亂想個屁！導盲犬妳用得到啊？狗痴！神經病！」

「你真難溝通，因為你沒文化、沒知識，外加沒愛心！」我們索性在車上槓起來。丈夫一邊加速，一邊繼續罵著。偏偏丈夫的開車技術不夠穩，如同他的個性一樣，一點也不像男人應有的穩重與風度。

「停──車！」我說著。但車子依舊快而不穩的疾駛著。

「我叫你停車！」我失去理智般的朝著他耳朵嘶吼著。丈夫終於停下車來。

「叫什麼叫！我不是聾子！為了一隻狗跟老子吼，白痴！驕傲？妳驕傲她會導盲？那妳去當瞎子啊！還是會從她身上賺到錢啊？白痴！」

「你開車技術很遜，我怕這輛我買的車被你折騰。所以，換我開。」我打開車門走向駕駛座。

「車是妳買的沒錯，但是老子今天就是要折騰它，要嘛妳回到車上，否則妳自行解決！」打開車窗說亮話。丈夫絲毫不讓步地穩坐在駕駛座上。

我不想再上車，真的不想了。臨走前，我送他一些真心的無傷大雅之言：「你慢開，車子要有任何擦撞，你負責。最重要的一點，我的確需要一隻導盲犬。因為我瞎了眼才看上你。你沒愛心、沒常識、沒教養，更沒口德。此外，你開車技術有待加強，我寧可走路回家。」

我連再見都還來不及說，車子已呼嘯而去，留下站在竹林路的我。

我錯了嗎？

思考著。

我家裡每個人都愛狗，這一點，丈夫是知道的呀，而現在，他把養狗跟傳宗接代扯在一起，會不會太牽強了些？是啊，這真的讓我無助的難受。

我跨出步伐，讓微帶涼意的秋風吹著我的頭髮，我情緒亂亂地走著。想起小時候，每每為了養隻狗，經歷不少盼望，卻又失望的心情。走在大街上的我，真的很想哭。

小時候，家裡的空間小。在經濟環境不好的情形下，連二姊撿到的小土狗都被母親下令丟掉。

「三個小孩都是硬撐過日子的，妳妹妹又剛好唸再興，我們哪裡還有多餘的錢跟時間照料狗？拿出去丟掉！」媽媽兇著二姊，只見二姊一聲不吭的帶著小土狗出門，然後再空手回家，眼睛還紅紅的。

後來，能夠養狗還是鄰居半送半強迫的。小狗的食物就是我們吃剩的飯菜，姊姊們也信誓旦旦的跟媽媽說會負責清潔及處理狗狗大小便的問題，那隻拉薩狗也認命地、努力地聽從姊姊們的話，因為牠已經被退貨多次，原因只在牠長得不討喜。

當我們都長大成人之後，特別是比我長九歲的大姊，她開始會留意路邊的流浪狗。最令我難忘的就是她的第一次撿狗狗經驗。大姊在街上被一隻狐狸狗一路跟蹤，她買了自己的午餐便當，卻在同情心油然升起的那個剎那，她打開便當丟出雞腿給狗，而當大姊回頭看牠時，狐狸狗面對著雞腿並沒有馬上享用，牠只是不停的聞香味。大姊再回頭望牠一次，牠也看著大姊搖尾巴，然後，才開始吃那隻雞腿。那時候，大姊才了解，原來狗也知道感謝。

風好大，吹進一粒沙在我熱熱的眼眶，我不阻止地讓眼淚流下。想起從前，以及現在跟丈夫對立的狀況，都是因為狗。我好想哭，也真的哭了。

走在回家的路上，我問自己：愛狗有錯嗎？撿流浪狗很怪嗎？當我訓練出幾隻有教養的狗的小小驕傲時，難道不能稍稍滿足虛榮的心，跟朋友炫耀一下嗎？一個答案在我心中竄起：丈夫真的很難溝通，特別是一位被寵壞的獨生子。

我沒當成導盲犬

她，告別導盲犬的受訓，雖然沒能達到目標，但成績已經令人滿意，也很令人開心，因為她是第二名。而我對婚姻的忍耐也已到了極限，告別束縛與不被尊重，我恢復單身生活，迎接另一個開始。

我回來了，媽˙ㄇㄧ。但，請妳原諒，我沒當成導盲犬。

重逢著。

當我正暈頭轉向地忙著檢查公司業務美眉們的報價單與出貨的資料，一貫的錯誤令我眉頭深鎖時，桌上的分機偏偏在這個不討好的時刻響了。

無法成為導盲犬，但……

「喂？」有點急躁的聲音伴隨著我的情緒脫口而出。撥電話的原來是盲人重建院的莊小姐。

「曹小姐，訓練結束了。日本人選擇Aggie，其實他很希望是Anne，但就因為腸胃問題。Anne的腸胃不穩定，所以被淘汰了。」

「喔！」我慨嘆著。一些曾經擁有的驕傲似乎頓然遠離。

「因為妳是Anne的寄養家庭，所以有優先認養權。妳想領養Anne嗎？」莊小姐繼續說著。

「哇，太好了——」我歡呼著。

我的眉頭打開，不再深鎖。我開始微笑著聽電話那端的領養手續。

「我可以一起認養Barbara嗎？」我有點不禮貌地打斷莊小姐的敘述。

我拖著也愛狗的二姊一起去了重建院。我們簽了認養手續的所有文件，也領了院方頒發的感謝狀。我們興匆匆地在辦公室等著安安與Barbara出現。

安安與Barbara一前一後的跟著工作人員的腳步，絲毫不知道我已經等著迎接她們。當安安一踏入辦公室看見我，她馬上熱情的搖起尾巴，我不禁伸出雙手擁抱著這會兒真的是屬於我的她。

「曹小姐，從現在起，Anne真的是妳的狗了喔！看妳們這般的欣喜若狂，真替妳們高興。」莊小姐摸著安安的頭說著。

安安對重建院的臨別一眼

上了車，安安還是像以往一樣坐在前座的腳踏墊上面。Barbara則跟著二姊坐在後座。

當我開著車準備離開重建院時，撇開剛才的欣喜若狂，我突然有點患得患失地對安安說：「多看一眼吧，這裡可是妳出生的地方跟受訓的場所。離開之後，妳導盲犬的身分也畫上句號了。」安安習慣性地把臉放在車窗邊緣。安安與重建院的故事似乎也隨著車子的駛離，走向了終點。

「燕，Barbara滿可愛的耶，尤其是當她把臉放在我腳上，一臉想睡的眼神時。」二姊在後座傻傻的笑著說。我卻忙著思索領養了兩隻拉布拉多，回家該如何交代。

二姊的貼心與遠見

將二姊的賓士開入公司的地下停車場，一路沈默的我牽著安安。牽著Barbara的二姊在身後叫我，「燕！今天讓她們住在公司吧，Barbara也得訓練定點大小便，還有……」我進了電梯，依然一聲不響。

「妳還好吧？怎麼安靜到讓我覺得詭異？」二姊對著我溫柔的說。

「沒什麼。」我酷酷地回她。

曹小安和BarBara倆姐妹很自然的窩在一起睡。

安安一進公司，同事們鼓掌、尖叫歡迎。一個受歡迎的超級巨星回到屬於她的舞台，卻只見安安急忙的跑進狗籠蹲下尿尿。

我張著嘴，不可思議的對安安叫著：「妳真乖耶，到重建院半年了，竟然還記得回家的規矩。太正點了妳。」

大家全沒了上班的心情，一陣陣的笑聲、叫聲。同事們忙著摸闊別半年的安安，也好奇的摸著新成員Barbara。我看得著了迷。

「妳領養Barbara是為了讓安安多個伴吧？」二姊不知何時站在我身邊淡淡地說著。是的，是的，但，也不盡然，因為我也喜歡Barbara的熱情，就像她喜歡我的髮香一般。

「讓我認養Barbara吧！一隻安安已經弄得妳被罵連連，再多一隻Barbara，他會更瘋。再說，妳家空間狹小，三隻狗是擠了些。如何？」二姊的確了解我。她幫我解了圍，就在我腳底出現一個大洞，瞬間墜落的同時，二姊伸出她的手拉住我，停止我急速的下墜。

無止境的爭端

忍受著。

「安安，妳回來啦？再不回來有人會繼續的害相思哦！」當我帶著狗回家，才關上大門，冷嘲熱諷的戲碼立刻上演，一股冷颼颼的感覺迅速蔓延。但，另一隻愛犬小歪卻興高采烈的歡迎安安，他們兩隻狗開始愉快的玩耍。

此刻，我什麼話都沒說。我拿起了抹布，跪在地上，死心塌地的擦著安安的腳跟及地板。我安靜地抗拒丈夫的冷言冷語，也冷靜地思考安安日後的居住環境，是在公司？還是跟著我上下班，然後回到這沒有人關心的小屋子？當然，小歪狗兒是歡迎我們的。

我無言的擦拭地板，連自己的呼吸聲都聽得到。單純的兩隻狗不停的互咬，完全沈浸在久別重逢的喜悅裡。整理完家事的我，繼續無言。我準備洗手做羹湯，但家中的氣溫似乎只有狗狗們的一半熱情，男女主人的互動，就像一股冷氣團，飄盪在整個空間與角落。

「吃飯了！」我脫下圍裙，招呼丈夫一起用餐。

「妳要辣死我啊？雞丁炒這麼辣，給誰吃啊？」丈夫把筷子重重地放在桌上興師問罪。我不想辯解什麼，我僅僅放一根辣椒，我了解他的蓄意挑剔，因為安安即將變成家中的一員，她不再是被寄養，不再只是短暫的Home-stay。

「妳吃辣，不代表我也得跟妳一起吃得那麼辣，就好像妳愛狗，我就是不喜歡家裡養一堆狗。狗毛滿天飛，狗的體味很重，妳是聞不到啊？」丈夫終於毫無阻擋地說出心底話。

我笑了一笑，繼續吃著那完全辣不死人的宮保雞丁。狗毛滿天飛？狗的體味？這種不會發生在我身上的事，他硬是要栽贓。除了笑，我不知道自己還能做出什麼反應。

「妳啞巴啊？跟妳說話是不會回答我啊？」

「吃飽沒？我要收碗盤了。」我面對他微笑的問著。

「不要玩了！小歪進狗籠去！」丈夫邊吼著狗，邊準備用腳踹向安安的屁股。

「你夠了沒？他們玩礙到你啦？兇什麼啊你！」我馬上走向狗狗的身邊，保護他們。本能告訴我，不能再任他對動物耍狠了。

「狗痴！瘋子！」

「沒愛心！白痴！」

我和丈夫之間，就這麼他一句，我一句，完全沒有停戰的準備。

一陣電話鈴響暫時停止我們的對罵。

「喂，督賈霸啦，伊要養兩隻狗啦，那隻安安供蝦米認養，伊喔，屋告柳後啦！」嬌貴的獨生子開始告狀囉。我接住丈夫要我聽的話筒，婆婆大人好言相勸我不應當本末倒置。我的責任是早點讓他們抱孫子，而非不停的養狗。

是是是，我嫁過來的責任就是生孩子嘛，其他的事、我的嗜好、我的抱負與理想、我對動物的愛，就應該隨著婚姻的開始而做一個結束嘛。魚與熊掌不能兼得，骨頭可不好吐呀。

掛上電話，我隨口說了一句：「又不是生孩子機器。」隨即準備進臥室拿換洗衣服，丈夫卻一個箭步擋在我面前：「妳，現在就把安安帶出去！家裡不准養兩條狗！出去！」

深夜，投奔二姊

我的臉色剎那間黯淡下來，我的心情降至冰點。這夜晚九點多，要我把安安帶到哪裡去？雖然我不知道答案，還是拿起了安安的狗鍊與車鑰匙。我關上大門，往停車場方向走去。

如果我回娘家，爸爸媽媽就會知道我們夫妻不合的真相，而且還可笑的因為一隻狗。如果將安安放在公司，那我睡哪兒?被趕出門的剎那，我的心中滿滿恨意與冷颼颼的感覺。想到要寄人籬下，心裡真是不好受，彷彿沒自由，也沒了尊嚴。安安索性趴了下來，我在車上茫然了好一會兒。

「睡了沒?」我打電話問二姊。

二姊還在幫孩子們看作業。「過來吧，睡客房，也很歡迎安安。開車慢一點，別跟沒水準的人生氣，或者，就當他是個瘋子。」二姊一語道破丈夫的蠻橫與不通情理。她收留了我與安安。

「妳就先將安安放在公司吧，她不會孤單的，因為還有Barbara及其他狗狗的陪伴。等假日時再讓她回家吧，省得妳一點最基本的尊嚴都被人用腳踩。妳下個禮拜不是要去香港出差嗎?安安留守公司最恰當了。對不對?安安!」二姊摸著安安的頭。

深夜十一點，還沒睡意的我仔細聆聽二姊的忠告。

的確，因為工作上的需要，我常出國。去香港的次數還遠超過我進婆家廚房的次數。是啊，如果我出差，安安怎麼辦？現在她是我的狗了，我絕不允許她第二次被人用蓮蓬頭打得頭破血流。我實在是不懂丈夫排斥安安的理由，但我也不想問。

我承認我是固執的，恰似這場婚姻，家人、同學及朋友們當初的極力勸阻，雖然最後家人勉強答應，但在沒有人看好的情況下，我還是決定嫁給現在的丈夫。一個有過一次暴力，卻又在我觀察他有些許改變之後，沒有改變我的決定。

心繫安安

在香港參加展覽的我，除了細心、耐心的為客戶們介紹公司的外銷產品之外。只要一有空閒，我就想到在台北的公司以及同事們，當然還有小安是否習慣的問題。

「喂，有沒有事？」我忍不住撥了電話給二姊。

「還好啊，一些廠商要出貨，QC比較忙一點。喔，還有……荷蘭跟比利時的老闆找妳，我回了傳真說妳人在香港參展。嗯……會計師找妳，還有幾張信用狀到，大概就是這樣囉。」二姊告訴我公司一些不大不小的事情。

「安安呢？她習慣在公司睡嗎？」我丟了一句心裡誠實的擔憂給二姊。

「她跟Barbara一起睡，好得很呢。妳放心。」二姊笑著回答。她的笑讓我安心，也讓我感到羞羞地。因為她了解我撥這通電話的重點。

有幾位客戶來參展的攤位，看著業務美眉一臉難色。我匆匆斷了線。

「Hi, I would like to know how many pieces of this radio in one 40 container?」

「Yes, Please take a seat, I am so glad to tell you the detail……」我神采飛揚的與老外溝通解說著。因為，在台北的一切都很順利，特別是安安的狀況讓我很安心，我終於能打起精神面對忙碌的展覽。

我的個性固執，不管是在工作或感情上都非常明顯。當然，我也固執地愛狗、愛小動物，只因為，我尊重所有生命。

時間似乎總是跟我競爭著速度，我還來不及回頭看自己距離起點到底已經多遠，安安成為我的寶貝女兒，竟然也已將近三年的時間。

辦公室成了安安的家。有時，她會被邀請到二姊家住上幾天，因為我出差到歐洲、美國。面對這樣的行程，愛狗的二姊會把安安帶回她十六樓住處，而且不僅是安安，Barbara也跟著二姊回家，因為，她知道必須讓長途跋涉的妹妹安心工作；因為，她愛安安，也愛Barbara。

二姊家的天台是狗兒們的樂園，除了跟著從紐西蘭一起回來的「比熊」狗，安安、Barbara、流浪狗哈士奇小乖，甚至我的喜樂蒂小歪，都是二姊邀請的嘉賓。丈夫不會，也不想照顧狗，即便是小歪，他都嫌麻煩。

二姊知道我的婚姻狀況愈來愈糟，貌不合，神更離，已經形同陌路好一陣子，所以我的狗兒子（小歪）、狗女兒（小安），倒成了她的乾兒子、乾女兒。幾經思量，

我不斷的要求與丈夫離婚，形同陌路不要緊，但我不能再忍受被揍的日子。

結束夢魘般的婚姻

改變著。

「妳出國從來不打電話回來？妳心裡到底還有沒有這個家？」眼睛死盯著A片的丈夫又開始藉機挑釁。我連回答都懶了，繼續敲著我的鍵盤跟網友聊天。

「又啞啦？」

「我既沒耳聾，也不是啞巴。電話費貴，跟你也沒什麼好講的，不需要浪費錢。」我有點不耐煩的回了丈夫，一邊笑著看網友打的訊息。我們的感情到這樣，已經沒太多話可說，不過就是過一天，拖一天。丈夫看他的A片，我上我的網路聊天室。

「妳那麼會賺錢怕什麼？用的東西都很講究，花點小錢打個電話有影響嗎？」丈夫繼續試探我的容忍度。不過，這一點他估計錯誤。我的容忍尺度非常有彈性。我不輕易發怒，因為來自於我的家庭教育，我父母親相處的畫面，已經潛移默化地影響我。

「關掉電腦！妳用撥接上網，電話費是我付的，妳少浪費我的錢！」果然，三天一小吵，五天一大吵的鬧劇又開始了。

「除了狗，就是電腦，妳小心我哪天把電腦甩到垃圾桶！」丈夫關掉電視，直向我走來。我一邊收起筆記型電腦，一邊回著：「這可是奢侈品，你要甩就得賠我一台新的。不貴，七萬塊錢而已。」絲毫不懼怕的我這時仍舊面帶笑容。

戰爭即將爆發，丈夫一連串的髒話與怒吼，貫穿了小小的十來坪屋子。

我當丈夫是瘋子，我不經思索脫口而出：「請注意你的用詞，好說歹說你也是專科畢業吧，難道是被寵壞的教養，不知流落何方嗎？」

丈夫閉嘴之後，舉起手來準備甩向我。根據以往被揍的經驗，我機靈的閃開一步，同時間我大聲地釋放忍耐已久的怒氣：「你夠了沒？」

是的，那已經是我的極限，再一點我就會失控。

我們都沈默了，狗也被嚇得躲進狗籠裡。從那天起，我們不再說話。下了班，我跟朋友攪和，有時，只是待在公司陪狗狗們，因為不想回家。終於，在一次爭執中，丈夫感覺沒面子到了極點，我們在律師樓簽字，結束這場如夢魘般的婚姻。

小歪、小安跟著我一起搬離那個烏煙瘴氣的十來坪小房子，我歡欣的帶著狗狗們，住進大姊為我重新裝潢的自由空間裡。人自由，狗自由，心更自由地準備重新生活。

妳怎麼瘦了？

二姊是安安妹妹的認養家庭，親上加親，所以二姊是安安的「乾媽」。但我似乎沒有快樂太久的權利，美麗的二姊意外身亡，我幾乎要瘋掉。沒想到，兩個多月後，我竟也看不到安安了……

很久沒見到乾媽了。媽‧ㄇㄧ好瘦！沒想到，後來我也見不到媽‧ㄇㄧ了！

自己一個人住真好，小安和小歪兩隻狗狗也不嫌空間擁擠，更別說被嫌棄一堆理由：有狗味、狗毛滿天飛。想到那段忍氣吞聲的日子時，我心裡還是會罵一句：「去他的沒愛心。生孩子！」

九二一驚魂

當我出差時，我放心的把兩隻狗交給二姊。我無須掛念什麼，只須為工作衝衝衝。我也再度墜入情網，是個幾乎靠我養的窩囊廢。唯一的好處，是他也愛狗，不會嫌這嫌那的。但是，他喝醉酒會發酒瘋，砸壞家裡的東西。兩隻狗倒也習慣窩囊廢的生理時鐘，只要他一瘋，狗兒們就會識相地躲在陽台；如果他不瘋，一切都好說。

九二一大地震那個夜晚，地還沒開始搖晃，小歪就一直來回跑著狂吠，我從沒見過他這麼不能控制自己。幾秒鐘後，大地強烈的搖晃，震得非常厲害。我寒毛直豎，那晚剛好安安與Barbara留守公司，我急著換好衣服前往公司。

「我陪妳一起，太危險了！」窩囊廢拉著我一起前往公司。拉布拉多穩定的個性表露無遺，安安與Barbara也只是搖著尾巴，並無異狀。

在那次慘烈大地震之後的救援工作，世界各國紛紛來台協助，拉布拉多開始引起國人的注意，因為有許多國家帶著「搜尋救難犬」拉布拉多來台。拉布拉多發現不少瓦礫堆裡的生還者，從那個時刻開始，他們不再是「美麗的土狗」，台灣人也慢慢了解他們真正的名字叫做拉布拉多，來自加拿大的Labrador島。

難以言喻的哀痛

悲傷著。

我換工作了。是被外商公司挖角。

隨著我職務的變化，大姊的公司也宣布合二為一。辦公室遷移至世貿大樓，所有的狗，包括流浪狗哈士奇小乖、安安、Barbara全部轉往二姊的家。而我，因為必須香港、台北兩地跑，所以小歪與安安也必須配合著我家、二姊家兩邊跑。說真的，真難為二姊跟狗狗們，還好有個管家可以幫忙二姊。

二姊對人對事總往好處想，她溫柔，她美麗，她善良，她體貼。我是幸福的，即使感情不順，總有個二姊聽我、疼我、讓我膩。狗狗們也是幸運的，可以在二姊家的天台追逐、遊戲、居住，雖然管家有時會拿竹竿嚇嚇頑皮的他們。但，二姊總會用柔軟的語氣教導管家，狗狗們就像小孩子一般，別太計較。這就是她，二姊Michelle。

二〇〇五年一月四日，二姊在普吉島發生溺水意外。剛到曼谷出差的我，馬上照著大姊的吩咐，甩開工作飛往普吉島。我心裡想，難道真的是紅顏薄命？

一月五日凌晨兩點四十九分，二姊安靜、毫不留戀、瀟灑地遠離我們，飛往她理想的另一個世界。我們全家人難以言喻的哀痛，我們要如何忘記……忘記她那有著溫柔、美麗、甜蜜線條的臉？

我們全家人的勇氣都在縮減，彷彿一起走在崩潰的邊緣。十六樓的天台安靜得出奇，所有的狗兒們懶懶的、無神的各自縮在角落，往日的活蹦氣氛被濃濃的苦澀所取代。

站在十六樓的天台，我第一次感覺又高又寒冷。狗狗們的心情，應該也是隨著我們一起從高處極速往下跌。這世界，又少了一位無怨無悔的愛狗人。孤單的感覺從四

曹燕婷對二姊的美麗回憶，只能從照片上尋得。

面八方向我靠近，已經沒有人可以再讓我膩著。安安與小歪的乾媽就這麼一聲不說地走了，她真的走了。

此刻的我，已經搬到二姊住處的隔壁棟，八樓。我一個人住，帶著安安與小歪。

結束戀情

歷經九二一大地震，我原本的住處成了危樓。大姊顧慮我的安全問題，讓我搬入她位於松仁路的空豪宅。

「那我呢？」

「請你趕快找房子吧。我已經沒有時間，也沒有義務繼續供你吃住。」對著男友我嚴肅的說。

這兩年多來，暴力、發酒瘋、日夜顛倒的演藝圈式生活，早已催促著我們分道揚鑣。但，他不肯。因為要找個願意養他的人不是那麼簡單，而我真是個傻瓜。

「我跟妳住八樓，可以嗎？」窩囊廢果然不是浪得虛名。

「不歡迎。我提過無數次分手，趁著這回，你行行好，放了我好嗎？」我鐵了心堅決地表達。

從此，我帶著小歪與安安，成了二姊的鄰居，雖然男友還是會找我，不過，相聚的時間少得有理由，因為我必須香港、台北兩邊跑。

二姊過世後，管家接手幫我照料狗狗。「三小姐，妳回來台北不來帶狗喔？」管家已經打了第兩百通電話給我。

我邊開車邊回答著相同的答案：「我也想，可我是回來出差，每天開車跟著美國來的同事跑東跑西，我真的沒空，妳就幫我照顧一下吧。我在開車，不方便一直說電話，就這樣吧。」事實上，我真的很想安安，也擔心管家又使出竹竿招嚇唬他們。但，工作重要。

一場致命的墜落

出差的最後一晚，男友凌晨四點鐘來到我的住處。一個多小時後，我從八樓掉下來。感謝他的酒後瘋狂怒罵，造就我的下半身癱瘓。這場人為的自殺論，答案只有他知道。許多的問號淹沒了我的腦袋，卻總是得到這一句很唐突的答案：「妳要跳，我也沒辦法啊。」

從此，我的辦公室跟家合而為一。好純真又高雅的白色，充滿我的四周。但，我並不喜歡，因為，那是醫院。

妳怎麼從八樓摔下來了？

我的人生從八樓摔碎了。住院的日子我想安安，我也想我以後該住哪兒？我的未來又在哪裡？

管家說乾媽不會再回來，管家說媽·ㄇㄧ從八樓摔下去。這些都是真的嗎？無奈著。

從八樓墜下的我直接被送往最近的北醫急救，也從此開始了我白色恐怖的生活。看護幫我翻身、擦澡，我離不開病床，每天的生活只有打針、量血壓、醫師巡房看看病情。我的世界縮水到幾乎快令我忘記呼吸，我的病情詭異到我無法接受。但，就算是報應也好，走衰運也罷，除了宿命地接受，我還能向誰申訴或是討回公道？

為什麼要救我？

我的腦袋空空的，像個白痴，除了想死，我也想念我的狗狗，特別是安安。她還好嗎？她很黏我的，在我消失的這段日子，她會想我嗎？

我拿出皮夾，總會有兩張相片出現，一是男友，另一是安安。男友的相片惹得我滿腔臭火氣，我恨恨地撕掉了它。我還記得撕掉前，我先咒罵了相片裡的男友一頓，啐他一臉口水之後，沒風度地、撕碎碎的丟入垃圾桶。

而小安的照片，我總是對著她說話，親親她，每每淚眼失焦地看著她。那時候，我才了解自己，是真的把她當作女兒般疼愛。

「女兒，我帶魚翅來給妳吃，是妳最喜歡的那家魚翅。快，趁熱吃。」爸爸蒼老的臉上有著安慰性的微笑。

流不出淚的巨痛

與家人、朋友見面是我白色恐怖生活中的一點點綴。曾經美味的魚翅，吃進我現在的嘴裡，卻如同冬粉湯一般，沒什麼特別的味道，或許是因為思念吧。我開了口問：「爸，狗狗們好嗎？安安好不好？」這應該是我住進醫院中的第……不超過二十句中的一句。完整而冷靜，沒有眼淚。

「狗的事，妳可以放心，管家照顧得不錯。但是，那隻哈士奇小乖老守在妳二姊臥室門口，安安也是一直坐在大門口，管家說每天都如此，應該是想念妳吧。」爸爸輕輕的回答，此時的冬粉湯更加索然無味。

我安靜的放下湯匙，淚水掉進了冬粉湯，一滴接著一滴。

「女兒，女兒，別哭！安安真的很好，也很乖。」爸爸的口吻中有些緊張與心疼。我終於放縱思念的情緒，再一次允許自己大聲的哭著。因為，想到剛過世沒多久的二姊，那隻哈士奇小乖是她撿到的流浪狗。二姊很疼小乖，相對的，小乖也愛二姊；而，安安竟是這般的想念我。我真是難以抗拒淚水的決堤，狗對我的愛早已超越男友的狼心狗肺。安安只是不懂如何用言語表達，但，她的肢體語言就夠我淪陷在眼淚溼透的古堡中。反觀狼心狗肺的男友，他的見死不救，甚至是他殘酷的推我下樓，這種感覺好比是他住在城堡，而我在地牢。

這個世界到底是怎麼了？怎麼我所遇到的男人，都不如一隻不會說話，卻懂得珍惜這相遇緣分的狗呢？

沈澱紛亂的思緒

住院的時間閒得發慌，但卻讓我想清楚很多事。我計畫著出院之後，要好好的跟安安相聚，再也不要跟她分開。可是，一個惱人的問題出現：我要住在哪裡？

八樓已經是不可能的選擇，因為中庭門口一大堆的階梯，誰來抱我上樓？而那棟經過九二一的危樓更別提。我成了一個無家可歸的殘廢。

這一季的雨怎麼下不停？我的天空時時都有著烏雲，陽光呢？未來呢？我常掩著棉被不嫌煩的落淚，可當我熱淚滿眶，問題還是存在。

我能重新開始嗎？

老天終於同情了我，當我可以被抱下床，坐上輪椅之後。看護推著我到醫院附近逛逛，新鮮的空氣取代成天的藥水味，白色也變成花花的彩色世界。一直怕被曬黑的我，竟然興奮的享受日光浴，即使只有短短的二十分鐘。

那天，我們跟護理站請了外出假。出了醫院大門，我們在醫院附近漫無目的的晃著。一間房子貼著「出租」的紙條在我們眼前出現，我跟看護四眼相對，接著不約而同的笑了出來。因為，那是間一樓的房子。

我們在屋子外面停留，也交頭接耳了好一會兒，就在我把聯絡電話輸入手機的同時，一位中年太太和氣地問：「妳們是要找人，還是要看那間房子？」

看護表示我們是被那間一樓的房子所吸引，想進去瞧個仔細。

「歡迎，歡迎，那間就是我要租出去的啦。我去拿鎖匙，麻煩妳們等我一下。」

原來她就是房東太太，就住在隔壁而已。

我們跟著房東太太進了大門，眼前就是一間寬敞的客廳。

「我這一間是樓中樓啦，樓下還有房間跟客廳，很寬，很大。本來是我女兒住啦，她嫁到美國去……」熱心的房東太太滔滔不絕地說著。

我滑動著輪椅往房間去探個仔細。一樓的部分除了客廳，還有一間附衛浴設備的主臥室，另一個房間感覺上像書房。我承認，我確實心動了。除了屋子這個殼，還附家具。

「請問這租金是怎麼算呢？」我直接提出最現實的問題。

「因為有這些家具，而且又很新，並沒有用很久哩，房子又這麼大，我是要收一個月五萬塊啦，但看到妳們那麼有誠意，在外面看了很久，我就算便宜一點，四萬八就好了。」

天哪，一個月要四萬八千元？儘管是樓中樓，可我用不到啊，那些房間與階梯對我來說是多餘的，特別是階梯，對我是一種嘲笑與諷刺。我挫折又失望的緘默著，看護與房東太太接下來的溝通，我聽不見，只是想著如何跟父母說這間房子的事，因為，我很想遠離「醫院是我家」的不好感覺；我想遠離白色恐怖；我想有個窩；我想要一個藏身之所；我更想曹小安跟我住在一起，我想，真的好想。

我好想學會說話

在那一刻，我幾乎要尖叫——安安誘惑著我玩我們以前常玩的遊戲。安安啊！我們應該一起對著愛我、疼我的老爸，大聲地說：「謝謝您的安排。」

忽然間，我好想學會說話。我想問爺爺：你要把我帶去哪裡？驚訝著。

我滿腦子都被那間一樓的房子所佔據。問過看護她們討論的結果，一口價四萬五千元。現在我才深深了解，大姊是多麼地慷慨。她的事業有成時，我們全家都受惠，松仁路豪宅一買便是三間，二姊一間、爸媽一間，而她因事業在香港，所以叫我搬到那間屬於她花盡心思設計的奢侈房屋。如今，我面臨一個心有所屬的屋子，但房租卻令我望塵莫及。

甜蜜的驚喜

爸爸帶著堂哥一起來看我。「女兒，快起床下樓去，去看一個妳很久沒見的貴賓。」爸爸興匆匆地催著我與看護。雖然已經過了一個禮拜，但我還是想著、戀著那間房子，此刻父親的話，我實在沒多大興趣。貴賓？實在夠大牌的，還要讓行動不便的我去迎接他。我坐上輪椅跟著堂哥的腳步，走向振興醫院的門口。

堂哥打開車門，一隻優美的拉布拉多馬上跳下車。

我尖叫著：「安安！曹小安！媽麻在這裡！」太驚喜了！真是太棒的嘉賓了！我看到安安急著跑向我，當她在我面前站住時，她舔著我的手。我用那顫抖的雙手，好好摸著她的頭，我稍稍俯下身體，好好聞著她的體味，再深深的吸進鼻子，果然還是我記憶中的味道。安安那乖巧、體貼的味道與體溫，讓我不禁又笑又感觸地潸然淚下。

安安的肢體語言與眼睛，扎扎實實的告訴我：「媽麻呀，妳消失的這段時間，我好想好想妳！」

重溫我和安安的兩人遊戲

看護推著我，堂哥牽著安安，爸爸跟隨在我們身後，我們一起往振興醫院的草皮走。

「放開她吧，她不會跑掉。」我對著堂哥說。

掙脫掉狗鍊，曹小安再度活躍起來。她在草皮上亂奔著，接著跑到我面前撅起屁股，她調皮的要我玩著曾經屬於我們的遊戲。她撅了好一會兒屁股，看我沒動靜，自己興奮得在原地繞著自己跑。我又哭又笑，因為安安真是天真得很可愛。

因為安安真的不知道，我多想跟她玩這個只屬於我們的小遊戲，以往，總是她跑得喘吁吁，我追得幾乎翻臉，甚至吼著要她停，因為，我的長腿還是抵不過獵犬的速度。這些以往的回憶，在今天換了地點、換了方式重新上映。雖然主角們都到齊了，也一樣有觀眾們拍手叫好，安安的表演天分更是毫不遜色，但身為另一女主角的我，已經成為一位笑中帶淚的觀眾。

那天去復健時，復健師難得看見我有神的眼睛，因為平常的我總是安安靜靜的復健，不是很認真，也不是很努力。但，那一天我全神貫注，學習著每一個該會的動作。

「妳今天做得比之前都好。希望妳每天都是這樣合作的態度，充滿希望的眼神與表情，好嗎？」振興醫院的治療師威漢開口誇讚與鼓勵我。

我淡淡地點點頭，聲音平直的說著：「看到我心愛的狗曹小安，我會努力，一定會。」我的承諾在我的腦海裡泛起安安跑跳的場景。

我的雙眼充滿著水氣，但我用力忍著。

治療師拍拍我的肩。「加油！」他的聲音中帶著鼓勵，加油代替了Bye-Bye。

尋找合適的住屋

回到病房，我無神的吃著晚餐，因為我心中開始計畫著、思考著、猶豫著，該如何告訴父母，那一間讓我想得心癢癢的房子。曾經，房租貴得讓我打消了念頭，但今天看見了曹小安，又再度喚醒了我曾經想放棄的心。

那房子是一塊強而有力的磁鐵，我幾乎只能是一根針，沒有辦法拒絕與抵抗它的魅力。還有一個重點，房子離振興醫院非常近，對我而言，復健也方便。它教我無法挑剔出任何一點瑕疵，除了租金高了些。

「妳最近……已經……很多天失了魂似的，心事重重，是因為那間房子嗎？」

我被看穿心事地低著頭。看護講話很直接，不會顧慮東顧慮西的。我還挺欣賞她這一點，她收拾著病房的少少垃圾，不時轉頭微笑看著我。

「呃，我們……復健完……去……問房東租出去了沒？再跟她商量一下租金的問題，妳覺得怎樣？」面對看護的開朗表情，我竟不自覺的支支吾吾起來，我怕的是房東太太會拒絕。

復健完畢，看護推著我的輪椅往醫院門口走。我低著頭笑著，沒再丟問句給她，她也沈默的把我推往想念滿久的房子。我急著伸長脖子，看看出租那張紙條還在嗎？還好還好，房子還沒出租給別人。

「妳們要再看一次房子喔，很歡迎，很歡迎。這一間真的很好，啊又很適合妳們啦。」

「房東太太，妳好，我們真的很有意思想租，才會再來看嘛。租金啦，再便宜一點可不可以？」是啊，看護直接講到重點。房東一臉思考的臉色，看起來似乎有那麼一點希望。

曹小安的特寫。

我先告退到主臥室再看個究竟，我想，等我再出現，如果房東太太願意再降五千元，那就太完美了。

「八樓喔，夭壽喔，那個男朋友被抓起來沒有？」

我出了房門，卻聽到跟租金無關的事。

「蘇小姐，不要提無關緊要的事，我只想知道租金。」我有點不太高興的直接阻止她們的談話。

沒想到，我一說完，三個人都沈默了，連樹葉被風吹著的聲音，都很清楚的聽到。

「せ……那個曹小姐，妳要復健這邊很方便啦，我們要打契約啦，一個月四萬二，要先墊兩個月租金當保證金。這樣好不好？」

房東太太慈悲的眼睛與口吻，這三千元也許……是同情與憐憫交換來的吧。我表示要跟父母商量後告辭。

我有一種被施捨的感覺，我安靜的離開。

無法拒絕的同情與施捨？

我無法專心思考，因為看見了房東太太降低租金的眼神，那是一種我很熟悉的感覺，一種惋惜與可憐的暗光，很灰色。這道暗光，不同以往，我覺得又悲又喜。也因為遇見這道灰色的光，我的思想開始停下來往過去找尋，我想自己也曾用又心疼又可憐的眼光「施捨」別人吧。其實，不管我對人或人對我，「施捨」這種字眼我並不喜歡用。

我想起有一次，在一個街道的轉角，一位僅剩一隻手臂的老伯賣著口香糖。「小姐，買包口香糖，拜託。」

我拿了一包，給了他一百元，老伯還忙著要找錢。看他單隻手臂的忙碌，我很自然的對他說：「老伯，剩的幾十塊錢就別找了，您辛苦。生意興隆喔。」

老伯的眼睛充滿著感謝與些許的激動，他以顫抖的聲音說著：「謝謝妳，小姐。」我們四眼對望，內心裡五味雜陳。

現在，角色反過來了，我的眼睛看到的，是別人給我的同情與「施捨」。唉！還是說幫助會比較自在些。我確實需要這些幫助，父母負擔我的醫療費用，現在又得負擔我夢寐以求的房子，但我該如何開口？

「想些什麼？妳應該高興租金一共降了八千塊錢耶。那房東人很好，我跟她講妳是被人家推的……」

「以後，不熟的人別講我受傷的事，我不是很想讓人家知道。」我阻止看護繼續說下去。

父親的疼愛

父母依例在晚餐時間來探我。「女兒，有心事嗎？連續幾天，我看妳，似乎在想些什麼？」爸爸直說他的感覺。

很顯然，我的表情已經露出馬腳。這時，我想只有坦白的說吧。如果可以用幾句話把情緒說清楚，也省得我夜夜睡也睡不穩，還讓父親擔心。

我努力地試探、勉強的表達，我想如果父親拒絕的話，那……就靜靜地知難而退，然後慢慢地學著遺忘，遺忘那已經侵襲我好一段日子的一樓。

「爸，我最近在這兒，我是說醫院的附近逛街耶，滿好的環境。但，住院好一段日子了，我忽然好想家喔。」我心裡有點虛虛又慄慄的說著，只因為，怕接下去的結果，還是得……無奈地繼續白色恐怖的生活。

「最近，我跟妳媽也討論過這問題。不過，八樓的房子妳大姊要賣掉，我們的老房子也沒有電梯，可是也不能一直住醫院，尤其，那次見到妳跟安安的驚喜與快樂。我知道妳想念她，雖然嘴巴不說。」

爸爸了解我的心。在他的眼中，我似乎是透明的，一眼就能看穿。他讓我有了期待的渴盼，我幻想著當我提出要求，老爸點頭說好的那一幕。

「要在方便復健的情形下，我想……在附近找找看，有沒有適合的房子出租。不過，一定要有電梯，妳上下樓才方便。」爸爸喝完杯子中的水說著。

我跟看護對望著，又一起大笑。究竟是從什麼時候開始，我和老爸居然這樣地有默契，有著一起盤算同一件事的狀態，這是從什麼時候開始的啊？

看護開始告訴爸爸我們找到的那間屋子。在一個天氣晴朗的正午時分，我們帶著爸爸往那間房子走去。房東太太還是一臉親切，她不停的慫恿爸爸也愛上她的屋子。

「不錯，不錯。但租金能不能便宜一點？」父親蒼老的臉上有著一絲絲的滿意。

「曹先生啊，我這一間原本要租五萬塊。你女兒一直來看好多遍，我看她真的有喜歡，已經便宜八千塊錢了啦，又有家具，不要再跟我殺價啦，真的很便宜啦。」房東太太微微一笑地說著。

父親也輕輕的笑了起來：「還有，我們有一隻中大型狗也一定要住這邊，很乖，不會叫，也不咬人。」

「不要吵到鄰居也不會咬人的狗，沒有問題啦。曹先生啊，要簽一下合約，你付個訂金，有意思要租就好了啦。」父親斬釘截鐵地簽下合約，也付了五千元訂金。

頓時，我感覺空氣溫柔地浸潤著肺。

再度與安安一起生活

在返回醫院途中，我興奮地難以掩飾喜悅的笑容。同時，我也回想起父親對房東太太的最後一個關鍵問題：「還有，我們有一隻中大型狗也一定要住這邊，很乖，不會叫，也不咬人。」這可不是我的曹小安嗎？一直想到這裡，我才恍然而又感動地埋頭大哭了起來，我了解父親永遠不忘記給我最溫暖的臂彎。

託了以前大姊公司的業務美眉，請她幫我整理所有的衣服。她半羨慕半驚訝地告訴我，難怪以前當同事時，她幾乎沒見過我穿過相同的衣服。我笑笑地沒說什麼，從

我比哆啦A夢還可愛吧！

前的高薪工作讓我……生活得夠品味，消費得夠揮霍，而今，我拒絕回憶，只想有個住所，好好跟小安長相廝守，再一邊復健；這樣的想法，應該夠單純，也夠實在了吧。

「曹小姐，我要跟妳點收一下。十八個皮箱，五個大紙箱，還有……」搬家工人要我簽收，就在那間房子的客廳裡。頓時，我發現樓下的「樓中樓」，我還是用到了，因為如果沒有這樣的空間，我的衣服要往哪擺？

看著外勞印尼妹、業務美眉、台灣看護忙個不停，真像辦喜事似的。我剛在自己的房間將衣服掛上衣架，就聽見熱情的房東太太直嚷著：「恭喜喔，今天是好日子ㄋㄟ，搬進來就好啦。我這間的風水不錯，恭喜恭喜。」

我到客廳跟她打個招呼，也不禁笑了出來，一種參加喜宴的口吻令我發笑。其實，辦喜事並不難，難的是以後的日子，要如何過得周周全全。我要如何才能讓自己每天都笑得像個快樂新娘一般？我可以嗎？

看著曹小安的籠子放在廚房的一側，雖然，她還沒出現在我眼前，但，這籠子的寓意讓我變得從容。因為，我即將再度跟她生活，她的溫馴與乖巧，應該對我受傷後的心態有些幫助才是。至少，不會再有精神上的胃潰瘍。

「大小姐，我今天真是夠累的，什麼微波爐、熱水瓶，都得小心翼翼的放，怕摔壞要賠錢啊。妳不愛用國貨喔？」看護邊鋪著她的行軍床在我旁邊。

「還好，偶爾。」一場搬家，似乎把我整個人的消費行為表露無遺。可是，那晚的我一點都不會在意什麼，因為，我已經脫離醫院生活，正滿足地躺在這舒服的雙人床上。一片靜謐伴我安然入眠。

為什麼妳要坐在輪椅上？

當我們同在一起，其快樂無比——我哼唱著。但安安卻否定了，因為有了第三者的介入。

「那個是什麼？妳怎麼總是坐在上面？」媽˙ㄇㄧ，難道妳比較喜歡它？失望著。

離開醫院的病房後，我終於可以自由的推著輪椅，到書房、廚房、臥室。更因為出院，第一次讓肌膚與水、沐浴乳及毛巾，零距離的與我接觸。雖然，還是看護幫我淋浴，但，我的每一個毛細孔都不害羞的張著呼吸，放鬆的聞著水與沐浴乳的芳香。

我還是想曹小安的，雖然，我沒問爸爸，可是每次經過廚房，總會微笑著多看狗籠兩眼。

一種不尋常的陌生

「有人按電鈴，上來開一下門吧。」我對著樓下喊。看護與外勞正在清理樓下的房間，因為父親晚上要過來，明天才會離開。

看護與外勞忙得聽不到我的喊叫，我只好自己滑到窗邊對著外面說：「欄杆沒上鎖，你稍微動一下就開了。啊——安安！妳來啦。」原來是堂哥帶著安安過來。

我開了大門，一邊樂不可支地笑著、尖叫著。狗對陌生的環境，總是會用鼻子試探著味道。安安進了門就一路的聞到廚房，她對我意外的尖叫，似乎不太理會。不過，我還是保持著興奮的心情，那種深層的甜美，我想，只有我懂吧。

晚上，當父親一起過來用餐時，那天我吃得特別多，安安還是一樣乖乖的坐在旁邊，只是，距離我有點遠。

幾天下來，我發現一種不尋常的陌生，一直阻擋在我與小安之間。她總是跟我保持距離，叫她過來，她總是猶豫又遠遠的看著我。她搖著尾巴，我有些困惑，因為以前的她不是這樣的啊，就連上回去振興醫院看我時，也不會這麼……保持距離的愛我嘛。我有些為難地問著看護，她沒說什麼。

凡人也好，動物也好，孤寂是生命中必修的功課，可我這般的孤寂卻滿難理解的。曹小安明明就在我身邊，但我仍孤寂得像在寒冷的夜裡。我緩緩吐出一口氣，是白色的。我和安安是因為分別太久嗎？但我不是一直很了解狗嗎？為什麼現在面對曹小安的改變，我只能忐忑不安呢？

「安安，過來，我這邊有麵包喔。」我已經無計可施到用食物來引誘她，但她還是遠遠的搖著尾巴，我沈默不語，因為，我也找不到責備她的理由，同時，也覺得很無可奈何。

心痛的發現

慢慢地，當我躺上床後，安安會到床邊，用她的嘴巴頂我的手。這個動作是我熟悉的，她是希望我摸摸她。不過，除了晚上就寢時她會主動靠近我之外，其他的時間，她總是遠遠的看著我。

那天，當我掩門去復健的那一刻。我突然了解，安安是怕我的輪椅。想起今後的自己將一輩子依賴輪椅，我不禁淚下。

受傷之後的我，安靜了下來，也與世隔絕了起來。癱瘓，對我而言，遠比判我死刑還苦，而我冀望的精神安慰——曹小安，卻連她都嫌我是個殘廢。這個瞬間，我又再度的墮落下去，我又再一次開始哭鬧的生活，我更哀怨地告訴自己：「相信了吧，殘廢是廢物。死掉算了。」

父母也陷入膠著的狀態。他們只能任我哭鬧，不敢多說一句，這像是一齣沒完沒了的悲情無厘頭鬧劇。

「爸，我求你讓我死！給我一針，讓我睡著死，我求你！」

「問過北醫副院長了，他說不行嘛。女兒，房子也租了，狗也來了。妳怎麼又回到原點？前陣子很愉快，不是嗎？」父親以低沈的口氣說著。

是啊，前陣子我的情緒進步了不少，現在呢？真讓我失望透了，因為曹小安壞了我的期待。她依然在頗遠的地方，彷彿我不在這裡似的。

我哭著大吼著：「曹小安！妳過來！我求妳過來，好不好？過——來——」

就在那寧靜的夜裡，我想，房東應該後悔把房子租給一個情緒時好時壞的瘋子吧。

安安鼓起勇氣試著克服

此時，曹小安靠著我的手。第一次，她走近我的輪椅邊，雖只有一瞬間，沒停留太久，但錯不了的。

曹小安，爲什麼妳會怕我坐的輪椅呢？

我被突來的溫暖襲擊，忘了哭泣與怒吼。我不可思議地看著曹小安，她搖著尾巴叫了一聲。

「媽・ㄇㄧ，我鼓起很大的勇氣靠近妳。別哭了，好嗎？」我懂她的語言。

我們之間的對話又多了一句……微小，卻甜美的。

那一瞬間，給了我決定非要幫小安克服恐懼輪椅的勇氣。之後的每個晚上，她都會用身體磨著床沿跟我撒嬌。

我躺在舒服的雙人床上，對著小安說：「這是好美的畫面，妳還是愛我吧？妳別怕我的輪椅，現在它是媽・ㄇㄧ的腳，跟我一起習慣它、喜歡它好不好？」

看著安安無邪認真的眼睛，她獨特的撒嬌動作。這種溫馨的感覺，她懂，我也懂。我們每個晚上都是相同的對話。白天時刻用吃的、她的公仔、玩具引誘她，重新建立更新小安與我的黏密關係。

幾個星期下來，安安開始放開膽地跟著我走。

我在書房玩著電腦，眼睛看著琳琅滿目的網站，手不停的移動滑鼠，特別忙碌的是食指。「哇，這麼棒的拍賣網站，還收購名牌服飾與包包，真是太好了，呵。」我真高興那些沒機會再穿的衣服，這會兒可有了著落。

我翻著桌上的東西，只為了要一張白紙，寫下那網站上面店家的地址。在手忙腳亂中，東西全部掉在地上。看著散落一地的紙筆與其他東西，我卻沒辦法拾起，好狼狽。

渴望重拾往日甜蜜時光

小安默默地站在一邊，她那雙眼睛，澄澈又透明，像是煙火在湖畔升空，綻放出直搗人心的幸福，她緩步的接近我。在我試著彎腰撿東西的同時，我真期待她能無懼地靠近，那會有著讓我被她保護的感覺，結果她真的做到了。

「哎喲，妳不要這樣彎腰撿啦。摔下來怎麼辦？」看護緊張兮兮的說著，我只管用雙手好好的摸著小安的臉，任何話語都恍若紙屑一般。小安那雙眼睛，專注的注視著我，我輕聲對她說著：「曹小安，妳好棒，終究接受了媽•ㄇ一的輪椅，不再懼怕。妳的眼神讓我很欣慰，妳真的很乖，也很勇敢。」

一時之間，書房成了我們倆的世界。看護說些什麼，我們完全不理會。我的雙手觸碰著安安聰明的小腦袋殼，感覺非常溫暖。

自從小安被淘汰後，我比較不再依寄養家庭的標準對待安安，而她卻還是記得一些指令，例如要餵她吃食物前，她必須先坐下，一直等到我說「好」，她才能開動。偶爾我會戲弄她一下，我說「可以」、「行」、「好……吃」，但她就是能忍住被饞饞裏住的嘴，一副猛滴口水卻又裝著沒事的樣兒，等待我說那一個珍貴的指令「好」後，她才開始大口大口的享用。想想，我真是壞呀！

有一天，看護問我小安到底有幾個名字。這會兒聽我叫「安安」，那一刻又轉成「曹小安」，有時又簡潔的叫「小安」、「安」，安安到底懂還不懂呢？我笑而不答。小安正坐在我身旁打呼，我用力說了一句：「曹小安，聽到喊有！」

睡得熟呼呼的她，恍然地跳了起來，也用力的回了我一聲：「汪汪。」我們都笑開了。小安的模樣可愛又透澈，跟一些人類比較，她的天真無邪，不會斤斤計較我鬧翻了她的睡眠，竟然還可以煞有其事的回應我的呼喊，惹得看護笑得猛說肚子痛。

妳愛我嗎？

我的家庭很溫暖，即使真不喜歡催人老的過生日，家人們還是到了我的住處，幫我慶祝。不過，當我收到安安的第一份生日禮物時，真是驚喜啊——

應該是我想太多了，媽˙ㄇ還是愛我的。我決定，要勇敢克服！

努力著。

那時候，小安雖然不再懼怕輪椅，但，總還是要我主動喊她的名字，她才會若有所思的靠過來。不過，欣慰的是她已經找回從前的習慣，只要我前腳到哪，她的腳步就到哪的緊緊相隨。當然，不同以往的是我的前腳已經變成輪子，而，緊緊相隨也多加了幾步的距離。

安安，媽ㄇㄧ真的離不開它

二月，接近春天來臨時，雖然晴朗的日子很多，但到了晚上，空氣還是冷得刺痛。我允許小安跳上我的床鋪，我摟著她很溫暖。拉起她的大耳朵，我會告訴她一些心事，特別是我與她之間的互動，請她千萬別因為輪椅而與我疏遠。

「安，別怕輪椅，如果沒有它，媽麻是沒辦法動的。妳乖乖聽我話，妳很聰明的嘛，就像以前一樣，不用我喊妳，妳就一步一步的跟著我啊。我知道妳比以前進步很多很多了喲，可我還希望妳再靠近媽麻一點，主動一點。不要把我當怪物一樣，好不好？雖然我真的是一個怪物了……但，親愛的小安，跟妳一起住，我已經不在乎生命故意跟我周旋，因為我真的好愛好愛妳。不要害怕輪椅，我知道妳最勇敢。」

愈是苦、愈是痛，我竟特別願意想說。我邊說邊掉淚，小安總是溫柔的舔去我的

曹小安，謝謝妳。我知道只要我回頭，一定能看見妳。
攝影／李文欽　照片提供／《DOG NEWS犬物語》雜誌

淚水。她懂我的話嗎？我不知道，天天說，常常說，每次說，每次哭，她的舌頭給了我一種感動。

永遠溫暖的家人

在我的生日時，爸爸媽媽，還有外甥女、外甥都到了我的住所一起吃飯慶生。媽媽買了蛋糕來。「唉呀，買蛋糕幹嘛啊？又不愛吃甜的，而且點了蠟燭就真的又老了一歲啦。」我喃喃地念著。

接著我又說：「媽，我了解妳假借我生日為理由，其實那蛋糕是妳想吃的吧。」媽媽敲著我的頭，一邊嚷著：「壽星要切蛋糕囉，快來唱生日快樂，祝阿姨又老了一歲。」媽媽反將我一軍。果然薑是老的辣，這話一點也沒錯。

「許願！許願！阿姨！」外甥起鬨著，我小小敷衍的許了三個願望。

大家各自拿著蛋糕品嘗時，狗女兒小安忙著在我們之間竄著。外甥逗著小安，要她跳起來就賞她一口蛋糕。

「別啦，她會拉肚子，別餵她。」我立刻制止。

最棒的生日禮物

小安跑到我旁邊坐著，跟我示好。我知道她想討一口蛋糕吃，我沒理會她，但她還是在我身邊。

「還剩一口，要吃的話，妳就把前腳趴在我腿上，這樣妳才吃得到盤子裡的蛋糕啊！」話才說完，現場突然一片靜默。安安吃到蛋糕了，她真的爬上了我的大腿。

「燕婷！她真的爬上去吃耶！」

「阿姨，安安好棒喔！」

「她聽妳講的話耶，不怕輪椅了耶！」

大家在一陣安靜後，紛紛驚訝得七嘴八舌，我呢？震了一下，我再拿一小塊蛋

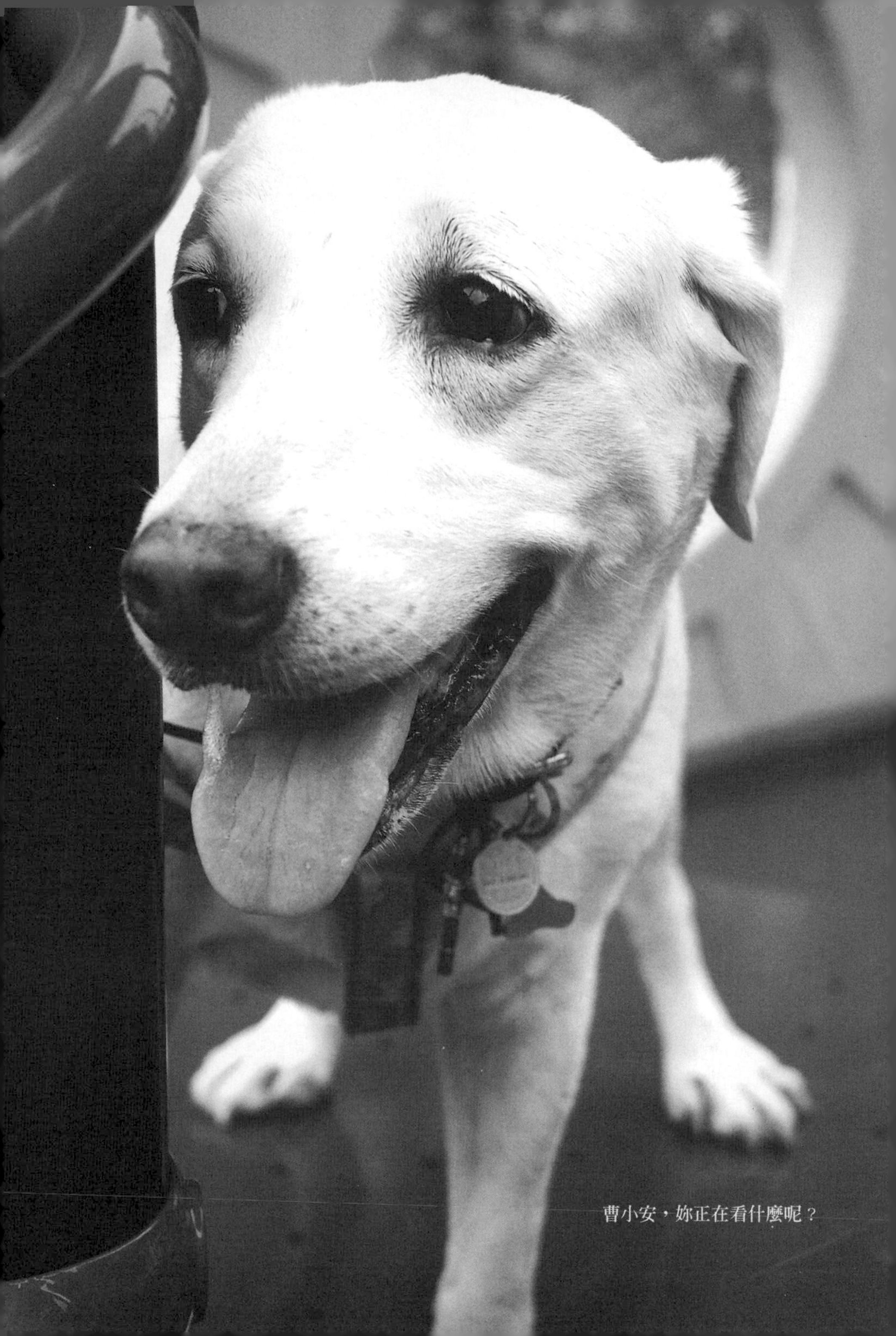

曹小安，妳正在看什麼呢？

糕。

「安安，上來吃！」我意想不到的開心地說著，就看她輕鬆、無所畏懼地抬起前腳，輕放在我沒知覺的大腿上，舔著我手中的紙盤，我歡聲大叫：「真的棒透了！」

家人與看護也都笑得興奮。曹小安克服了她對輪椅的恐懼，就算是因為蛋糕的誘惑吧，她還是做到了。我再一次彎下腰親著安安的額頭，細膩的、珍貴而疼惜的，「謝謝妳給我一個難忘的生日禮物。」我吻著安安說著。

我會保護妳

現實的人性，毫無疑問的殘忍地諷刺著我，而這些竟是來自於我的看護。支持我的始終是安安。我關起房門，笑著流淚。

為什麼妳要欺負媽ㄇㄧ？

嘆息著。

常常，我會想一件事，每隻拉布拉多都這麼了解主人嗎？還是曹小安特別聰明？

想起當初她被淘汰之後，我開始教她一般寵物都會的「握手」，當然又是用食物誘惑她的學習心，做對了，就賞她一小塊餅乾鼓勵。那個下午，我把整個時間花在這樣一個不重要，而又幾乎是每隻狗兒都會的小本領。人的心真是很難理解，連這樣的小虛榮也要追求。

安安學會握手

「安安，快啦，我說握手，妳就要把這隻腳給我嘛。」我用半強迫的語氣說著，安安做對的機率並不高，很顯然她對這個動作興趣缺缺。我手中餅乾的氣味也令人質疑，她不是很愛吃嗎？我看了手錶，兩個小時已經過去。她不太理會的態度，也讓我收起餅乾與已呈疲乏的教導。

我知道安安沒有惡意，但我還是有點不高興地念著：「『握手』，幾乎每隻狗都會耶，重建院也有教吧。妳喔，都輸給Barbara了。我看妳連學都不想的樣子，我們明天再試試看。」對狗狗，我竟然不自覺地，也用起了激將、比較的方式。明明一個沒啥大不了的動作，我卻偏偏執著的希望安安會。

媽˙ㄇ，我也要學認字。

「Joyce，怎麼我跟Barbara說『握手』，安安也舉起她的手？妳教過她嗎？」Candy笑著說。

不會吧，我昨天教安安的過程並不是很順利，所以才草草收場，而且她當時做對的機率並不高呀。我無法置信地走出辦公室，我想我非得親眼看到才算數。

「安安，過來，握手！」我有點脫離現實的握著她的前腳，我笑得奔放。

「換另外一隻手！」結果，我笑得更大聲。我還跑向茶水間拿出餅乾，甚至撒了一地，任由安安不守規矩的吃著。

辦公室裡的每個人，聽著我說訓練安安握手的經過。每個人都跟著我一起懷疑，但卻又真心的笑著。這個空間舒服極了，幾乎讓人無法離開這裡。

依然處在深淵

回憶帶著我，我想著曹小安從五十天大到現在，每一個過程都是一種驚訝、一種快樂、一種難以言述的，用她善解人意的心，配合我的教導的使命感，特別在我受傷之後的再重逢、再生活與再改變。

當我知道自己癱瘓的事實時，我覺得我的未來都幻滅般地消失了。哭鬧成了我的習慣，只差沒機會，也沒可能上吊。我的脾氣變得相當暴躁，偏偏我的看護也是有個性的獅子座。我在父母前哭鬧可以得到安慰，但當我一個人在病房發瘋似的鬧情緒時，看護卻常說：「喜歡鬧，妳就繼續吧。」這句話讓我常為之語塞，不知道該回她什麼。

「我就喜歡鬧，怎樣？」沒什麼好說的，我只有這麼回答。

慢慢地，我發現當我不說話時，反而更自在、愜意些。我封鎖自己的瘋狂情緒，感受孤單的恬靜與美好。

「媽•ㄇㄧ，妳還有我啊！」——安安

當安安再與我一起生活之後，我的心是快活了些，只是滿心的問號與怨恨依舊佔據住我。夜晚，我們一起共眠時，我的淚水總是被安安舔掉，而當她不再恐懼輪椅之後，她會到輪椅邊搖著尾巴，甚至將前腳放在我的腿上親著我，似乎在跟我說著「別哭嘛，妳還有我啊！媽‧ㄇㄧ。」這時，我會吻著她額頭，心中感到一陣舒暢。

等到了「桃園脊髓損傷潛能發展中心」的「中途之家」接受生活自理的訓練之後，一方面也真是家裡的經濟負擔苦了年邁的雙親，於是，我與房東太太協議提前退租。房東太太真是個慈悲的人，她沒有扣我們押金的一分一毫，就同意我們退租。因為，每每父親來到這邊，她總是看到父親蒼老的模樣。房東太太還曾經以心疼的語氣問過看護：「曹小姐的家境還不錯吧，不然每個月妳的薪水、那個外勞、房租要很多錢ㄋㄟ。她爸爸好辛苦哦！」

是啊，這所有費用林林總總加起來，十來萬的花費，全部落在我那無辜的雙親身上，也因此我們要搬回自己另外的房子，一個有電梯，且只要稍微改一下就能使用的寬闊的無障礙空間。

與看護發生衝突

搬家前，我整理櫥櫃裡的衣物，不經意翻到放在最下面，一件中性寬鬆的毛衣，著實令我發了一會兒呆。那是我與前男友的共同衣物，不過不是在跟他分手時，就清理過所有帶著破回憶的衣物了嗎？怎麼還是遺漏了一件？我當然要丟了它。我將毛衣交給外勞，請她幫我丟進前面不遠的舊衣回收筒。

隔天在振興的復健室，練站的時刻，我將眼光集中在外勞的身上，怎麼她的上衣是這麼眼熟？不管是樣式、顏色，都眼熟得令我討厭，非─常─討─厭。

「妳這件毛衣新買的啊？」我一邊摸著跳在我大腿的小安，這是我復健回家時，安安所表現出的熱情歡迎的動作，一邊磨蹭輪椅，也跟著我進房。我準備導尿。

「這件我很喜歡，小姐說要丟掉，我覺得很可惜，所以……」聽到外勞這麼說，我馬上衝出房間吼著：「現在就拿去丟掉！這件不准出現在我面前！丟掉！」

我澎湃的情緒，連小安都有點畏懼地在旁搖著尾巴。

「妳聾啦？丟掉！現在！」我第二次吼著外勞。她終於往樓下的更衣室走，接著，當她臭著一張臉出去後再返家時，她重重的「砰」一聲關上門。

「妳臭一張臉給誰看？」我邊吃著晚餐邊問個究竟，外勞不應聲。

我又問一次相同的問題，外勞似乎當我不存在似的，沒給我一個答案，連看都不看我一眼。

「妳是聾子啊？回答我！」我丟下筷子嘶喊著。

「我喜歡那一件衣服，反正妳又不要。」外勞回答的聲音倒是不比我小。

「不要有不要的原因，就是不准留那一件衣服在我這邊！」

「又不是放在妳那裡，我自己有衣櫃可以放。」

「我不准那件衣服留在我住的房子，要不，妳搬出去啊！」

曹小安的無辜大眼。

「小姐，妳很浪費又很奇怪！」外勞丟給我這一句話。

我真想把碗朝她臉上扔過去。外勞可以這樣跟雇主說話嗎？

「我再奇怪，也不關妳的事！」我還是不認輸的繼續回她嘴。

「Diniy，不要跟小姐吵，她有錢要丟什麼，浪費到妳了嗎？」台灣看護幫我們的對罵做了一個ending。一個不著痕跡，卻也讓我微微顫抖的結語。

我並不孤單

我滑到了書房，把門一鎖，大方的讓淚水流下。曹小安很慌張的走著，又搖著尾巴磨著我的輪椅。看到她的動作，我不禁感嘆在別人眼中的我，到底變成一個什麼樣的人了？

一件充滿破回憶的衣服，我執意要扔了它，卻惹來外勞的惡劣態度，還有台灣看護的冷言諷刺。而，小安似乎了解我的感受，她不停的用肢體語言來安慰我，我卻低泣得更厲害。因為，除了萬般無奈，還加了一份安安溫柔安慰的感動。

安安舔著我的手，也用鼻子碰著我的膝蓋。我的下半身失去知覺，但可愛的她並不知道。我淚眼看著小安，在靜謐的書房裡，有著一種神祕、難以理解的香味。當晚我才了解，我並不孤單，除了家人之外，我有著一隻聰明又貼心的拉布拉多。她，確實聰明；她，也比某些「人」更有人性。

我躲起來囉！

我們搬了家，省下很多的費用，也很高興擁有一些隱私權。安安快樂的在這個大空間跑著、跳著，我總是迫不及待地好好抱抱她。

其實，我是很好脾氣的，但是關於那件事情，我很Man！

搬離那間租屋時，我忍不住多看了兩眼，也跟房東太太道了謝。臨走時，房東太太握著我的手，希望我早日康復。她真的是一位很好的房東，鬆開手後，我的掌心還有餘溫。我的雙眼盈滿淚水，打開車窗，讓風從我臉龐流動過去。

五十坪大的房子，讓我來去自如的喜悅，小安也高興得又奔又跳。臥室是附有衛浴設備的套房，同時，我也買了一台洗澡用的輪椅，讓我稍稍的有了隱私權。這環境讓我忍不住的驚嘆，就像電腦的升級版一般，這樣的環境——升級版真是了不起，能夠讓我的隱私也一起升級，真是棒透了。

印尼看護的疏忽

隔了一段時間，我有了新的外勞看護，因為，之前的外勞已經期滿，她可大搖大擺地回印尼了；而那位台灣看護，因為工作好一段時間需要休息，因而跟父母辭職。就家庭經濟的花費而言，一個月能省下十萬元，真是太好了。小安也跟著我、新的印尼看護彼此互相適應。說實在話，小安很挑剔，之前在振興的男病友對我有好感，但，對愛情畫上休止符的我，對異性的追求總是不理不睬。趁著好天氣，偶爾會帶小安去振興的草皮讓她恣意的奔跑，剛巧碰到這位男病友，儘管他手上有食物，小安就是不理他，可見我與她之間，就是有著那麼點心有靈犀吧。

印尼看護很認命的工作，不管是我或小安的部分。小安也開始習慣她，乖乖地讓她刷毛、擦腳、（只要小安出了門，洗澡也好，散步也罷，回到家中必須把腳擦乾淨，這是我對狗清潔的要求。）清耳朵、餵食。我也將需要幫助小安的細節一一告訴她，結果，有一天，她還是因為疏忽而被我訓了一頓。

小安的水杯是必須時時都有水的狀態，畢竟我們幾乎天天出門，萬一小安渴了又沒水，那該怎麼辦？那一回，我在書房忙著寫專欄的稿，看見小安匆匆忙忙的跑向我，又跑向廚房，來來回回好多次。我一臉困惑的跟著她走，才發現她站在她的水杯前猛搖尾巴。我趕緊到廚房拿著水壺倒水給曹小安喝，她真的渴了，馬上喝完杯中的水，我又幫她加了一些。

「糟糕，下得來，卻上不去呢！」我對著家中唯一有障礙的廚房門口說著。忽然間，我想到在「桃園脊髓損傷潛能發展中心」的「中途之家」學過翹前輪，雖然並不是很有把握，但安娜又在忙著清潔地板，思緒至此，我做了這個有點沒信心的動作。

「小姐，妳要叫我幫忙啦，我扶妳起來。」安娜扶著整個後翻的我與輪椅。既然演出失敗，台下觀眾就忙著在旁亂竄，那觀眾就是曹小安。

我不高興的說了安娜一頓。「請妳記得安安的水杯，時時刻刻都要保持有水的狀態，否則她渴了怎麼辦？」我滿肚子的責備與心疼，對自己的摔倒不是太在意，因為安安的慌張亂竄，還是表達了她對我的關心。

曹小安真的只是不會說話而已，她的聰明令人驚豔，而我是幸運的，與她每日在互換愛的新證書。我們的愛是進化移動而非止息的。

因為信任，所以雖然搬了家，依然與當時住在北投振興時的曹小安的專屬獸醫師合作，唯一不同的是我請獸醫師一定要開車接送小安。路途太遠，我並不放心小安搭乘摩托車，自從我在世新五年級學會開車之後，便開始視摩托車為危險的交通工具。大街小巷每次瞥見車禍現場，倒地流血的都是摩托車騎士。我不願意讓小安有潛在的流血危機，所以，請獸醫師跟我配合。

「張醫師，麻煩你等一下來接安安去洗澡。嗯，好，那就十一點吧。下午我得去復健，我會請外勞帶她下去。你到的時候按個門鈴或打電話上來，安安就下去了。」

掛上電話，我先進了書房。

安安偷偷躲起來了

「安娜，幫安安把鍊子套起來，醫生快來接她了。」透過書房的玻璃窗，我看見灑滿陽光的客廳，心情跟著放晴起來。電腦放著悅耳的MP3，嘴巴也跟著哼哼唱唱。「小姐，安安不見了，我叫她都沒有來。」印尼妹進了書房，打亂了我那才剛享受沒多久的豁然，我馬上笑著、推著輪椅往臥室的洗手間走。

「又來了，曹小安，別躲啦！妳要躲也該換個地方吧，去洗香香，乖。」拍著坐在洗手台下面曹小安的頭，叫她別跟我玩老把戲，我可聰明的呢。

這已經是第二次，第一次是在北投的租屋，安安聽到我跟張醫師通電話後，就聽明的躲了起來，不過，沒什麼創意的她，這次依舊躲在我房間的洗手台下，還是一下就被我逮出來。

也許，對很多人來說，這是一件不太能相信的事，可偏偏我的狗女兒曹小安就是這麼的聰明。挨餓之於小安是件痛苦的事，洗澡的張醫師是不供應她晚餐的。洗完澡後小安回到家已經近晚間十點，我們飛快的彌補遲到的晚餐，心裡實在抱歉得很，可是為了清潔身體，小安，妳就忍耐、包涵點吧。反正每兩個禮拜才一次。

一雙無辜的大眼

聰明著。

根據每一位看護告訴我的，每天早上八點鐘，小安會去她們的床邊安安靜靜地搖尾巴，因為那是她的早餐時間，而且是每一天。等小安用完早餐，進了狗籠解決排泄之後，她會再進我的臥室跟著我一起繼續睡。正在睡夢中的我完全不知道她的進出，

曹小安也愛大自然。　攝影／黃詠靖

因為貼心的曹小安總知道不要吵醒我。臥室的門是滑動式的，用她的嘴就可以開門。我的家對我是無障礙；對曹小安呢？應該也是吧，加上她的聰明與靈巧，我和小安都非常喜歡窩在這個被幸福光輝籠罩的環境裡。

小安是怕寂寞、孤單的，每天下午我必須出門復健，但我還是像以往沒受傷時，不希望讓小安被狗籠束縛住，我希望小安雖然孤單，但隨性、自由。臨出門前，我總不忘多嘮叨一句：「安，乖乖的在家，我去復健練走路，很快就回來跟妳一起吃反凡喔。」

我回頭看一眼她的表情。就這麼一瞬間，我知道我得趕快離開，因為她的眼神正一點一滴地透露出希望我留下。

安安，讓我懂得重新呼吸

說實話，當我的看護一點也不辛苦，因為我曾經在「桃園脊髓損傷潛能發展中心」的「中途之家」學習過生活自理，所以能夠自己處理的，我都自己來。看護也無須煮飯煲湯的，因為，父母常會買些我愛吃的食物來到我住的地方，放在我的餐桌上，就待我復健回家，只須將包含著父母暖暖的愛的美味食物，放進微波爐裡加熱即可。

有一個週末的中午，我與父母在外聚餐。爸爸忽然聊到安安，他說：「我每次去妳家放食物時，總是會開個電視看看，陪陪那隻狗。她真乖。」

「安安從小就乖。我受傷後總覺得她是我……我脆弱情緒的……怎麼說呢？一層糖衣吧。她讓我懂得重新呼吸，堅定下去。」我對爸說著小安在我心裡的重要角色。媽媽也頻頻點頭，我想媽媽也很了解我很愛小安。

「我從妳家的另一個門上去，那狗每次都趴在妳家大門前面。叫她來沙發這邊，她總不理，是在等妳回家吧。那狗真是乖。」

「對耶，我到妳家，也是看到她趴在門口。妳咖啡要續杯嗎？」媽媽也對我說著。一種無名的思維在心裡泛起，我只知道自己眼裡有著幾滴不捨的眼淚在徘徊。

原來每當我外出復健時，曹小安總是在門口守候，滿心期待我出門時對她承諾的「很快就回來跟妳一起吃反凡喔。」這份感動，讓我很震撼。

「妳到底要不要續杯呢？」媽媽再一次叫我。

「不了，不了。這杯喝完就夠。」我打消續杯的習慣。因為，此時此刻的曹小安，一定又趴在大門前等著我。我想回家好好抱抱她。

小安總是在我們開樓下大門時，甚至當我還搭乘復康小巴時，只要那升降梯發出一點點的雜音，就可以聽到曹小安的叫聲。小安的叫聲是很亢奮的，那叫聲明顯透露出原來她一直在等待。

而當我回到家，小安更會高興地將前腳跳到我的大腿上，我抱著小安深深的一吻。我感謝她的等待、她的歡迎，還有她既熱情卻又恰到好處的歡呼聲。

看護也愛安安

唉，印尼妹的母親身體出了狀況，醫生宣布是癌症最末期，她的家人打了電話要她趕緊回去見母親最後一面。我們當然允許她離開，雖然有些不捨。印尼妹很稱職，總是笑臉迎人。但，我想對她來說，親情更是重要。

接下來的空窗期，因為必須重新申請外勞，我只好找位有工作證的大陸妹看護，也算是順利。大陸妹看護頻頻誇獎曹小安的乖、聰明，以及她的生理時鐘，因為她總是準時的叫大陸妹看護起床餵她「吃反凡」。

曹小安與我之間有一些特別的語言，像是：吃反凡〈吃飯〉、吃麵寶薄〈吃麵包〉、挖耳耳〈挖耳朵〉，在我的心中她就是我的女兒，她就是讓我刻骨銘心的心靈導盲犬，她除了無法用言語直接與我溝通，其他方面，我真的會給小安滿分。

有幾次，當新的大陸妹看護看我跟曹小安說話的態度時，她真的一頭霧水，但，時間確實會證明一切，最後大陸妹看護也漸漸地愛上小安的好與乖。

只可惜，我的外勞還沒到，這位友善的大陸妹看護因為老公身體微恙，也離了職。仲介公司緊急調度一位新的看護給我，我沒得選擇，加上原本的外勞就快回來了，所以我對這位新看護的工作狀況雖有些微詞，但也就不計較了。

無法認同看護的做法

但這位大陸妹看護卻愈加的離譜。我們吃完晚餐，她把碗一丟，累積了三天才一次清潔。

「小姐，妳的碗盤有很多可以用。幾天洗一次，省得麻煩嘛，我是幫妳省水費跟洗碗精的錢。妳懂不懂啊？」大陸妹看護的話聽起來像體貼，但應對起來卻不太禮貌，這些實在讓我很疑惑。

當我洗完澡，穿著睡衣躺在床上時，我免不了多看在浴室清潔我的輪椅的看護幾眼，因為我已經好多天都沒聽到洗刷輪椅的聲音。果然，大陸妹看護只是拿著蓮蓬頭隨便沖兩下。一向愛乾淨的我忍不住說了幾句請她改進清潔輪椅的方式。

「小姐，我知道妳有錢，幫妳省水費跟清潔液的錢嘛。妳怎麼老是不懂得要節省？」大陸妹看護反而說了我一頓。我似乎不能要求什麼，她總有似是而非的理由堅持她的做法。而我，也決定收回我安靜以對的慷慨，告訴她我要辭退她的工作。

那是夜晚盥洗的時間，我對她說：「我想，妳不太適合這份工作，所以，明天我會跟你們老闆說，請妳待到新的看護來便可離開。妳幫我把洗澡輪椅推過來吧，我要上輪椅了。」導完尿的我正準備洗澡。

「妳不用我了，我還幫妳推輪椅做什麼？自己想辦法！」她奇怪而無情的反駁，坐在床上的我，如何去推離我僅不到半公尺的輪椅？看護一副第三者表情的站在輪椅旁賭氣。

「因為妳不適合，我才辭退妳，可是也是請妳到新看護來才走啊，薪水也是照算的嘛。」

「妳莫名其妙辭掉我，我要找份工不是那麼容易。我哪一點做不好？到處幫妳省錢，我看我還不如妳那條狗！就不幫妳推！活該！」看護的態度非常煩躁、氣憤。

我省略考慮與耐心的說著：「妳的殘忍的確不如一隻狗！」

安安的怒吼

看護走到我身邊冷不防地推了我一把。她繼續罵我，我倒向床。等我再坐起來時，我拿起床邊的手機跟母親求救。我哭了。

安安不知何時站在我身邊，可能看見我哭吧，安安總在我情緒跌倒的第一時間安慰我。不同的是，她今天並沒有搖著尾巴。

「妳叫妳媽來最好，我要問她怎麼可以隨便不要我？你們台灣人簡直就是神經病，高興就好，不高興就不要！還說我不如狗！妳去死！」看護已經無可自拔的任性、自私地歇斯底里。

我不允許她在我家繼續無理下去。我吼了她一聲：「妳回大陸去，何必賺台灣人的錢！」

突然間，看護的表情變得很恐怖。她走向我，舉起手。我本能地還手擋住，我們互相的推壓。我開始叫著、哭著。

但卻在一瞬間，看護突然跌坐在地上。當時，我只聽見一聲狗吠，那是我從來沒聽過的、一聲怒氣十足的「汪」！

原來是小安幫了我一把，她以自己將近三十公斤的體重，推倒了有著恐怖臉色與黑心腸的看護。

看護不敢再說什麼，因為安安一直站在我旁邊對她狂吠。

安安從小到大，這是我看過她最兇惡的一次。拉布拉多一向是很和善的，安安也是，但我想她一定是看不下去殘障的我被看護欺侮著。剎那間，我感受到莫名的安全感包圍著我，我感受到一種撼動人心的感情依靠。就是她，曹小安，錯不了的。

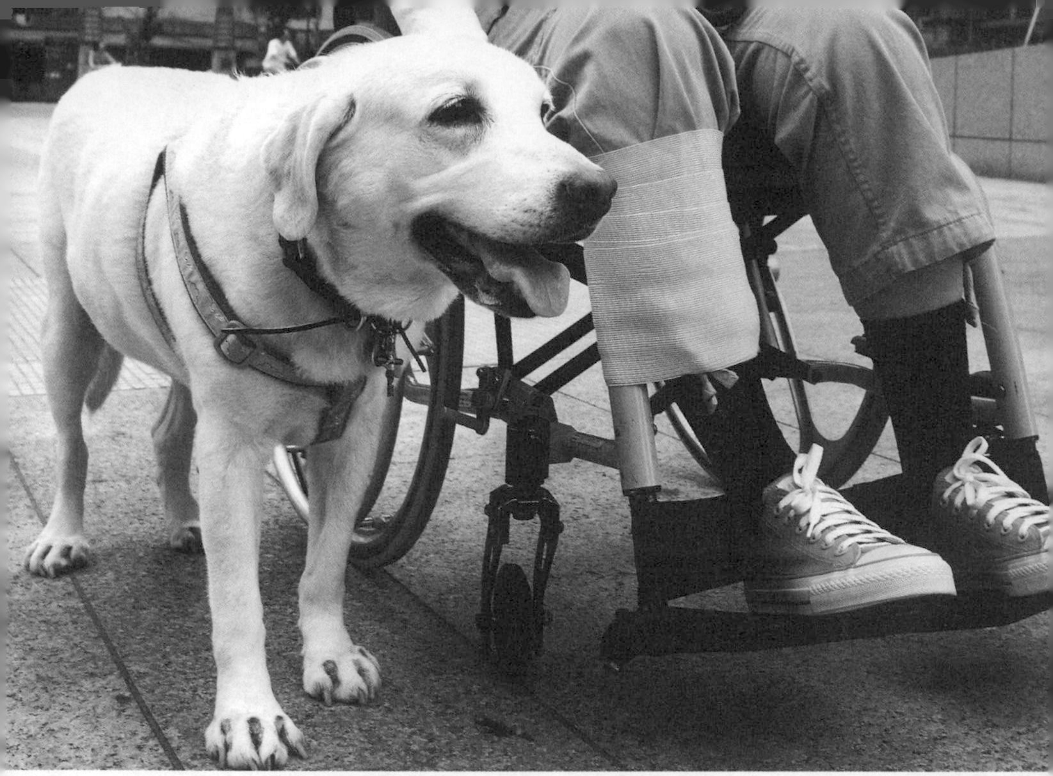

多麼希望，我們可以一直這樣永遠走下去。／好消息電視台提供

母親趕來了，她跟恐怖看護聊了一會兒。看護是個惡魔，母親算了薪資給她，請她立即離開。

「林先生，明天馬上安排一個看護給我，我女兒被欺負、被打，請你找一個有點文化水平的，謝謝。」母親沈重的說。

母親推著我的輪椅進浴室，我藉著沖水聲放肆的大哭。如果有些人的心，能夠像安安一樣柔軟該多好，不會看不起一個殘障。

安安總是給我無言的安慰，總是適時地跳出來保護我。那天晚上，我再度緊緊的抱住安安，幸福地睡著。

我不要死掉

人們的一些道理，我總不能理解。長相甜美，一定工作成績也漂亮嗎？錯，真的是一個大錯誤。我要引述美容教主牛爾曾說的：「人美，心不美，那麼也是枉然。」

媽˙ㄇㄧ，我的耳朵好癢、好痛，我的腳好不舒服，還有，我不要死掉！

曹小安已經完全不在乎輪椅。我在書房，她就在書桌旁邊，我在洗頭、洗澡，她就守在門邊，當我睡覺，她也有個屬於她的小床，就在我的睡鋪旁邊。現在，我買了車，偶爾會帶她出門。我在駕駛座，她就規矩的坐在駕駛座旁的腳墊上。除了去復健之外，我們似乎是形影不離。

接到外勞即將抵台的電話，在人力仲介公司上班的朋友，特地幫我挑選了一位印尼外勞。

「可當初我不是選她啊？」我在電話中得知是我的第二選擇要來。

「她年輕比較好啦。再說她來過台灣，溝通比較沒有問題。妳選的那個雖然經過訓練，但是年紀比較大，而且，中文不好嘛。」朋友告訴我兩者之間的差別，因此，她幫我作了主。

「我就不喜歡來過台灣的嘛，那種滑頭得很。」我高聲地說。

「別擔心那麼多。她長得甜美，妳一定會喜歡的。下星期到台灣，我馬上帶她過去妳那兒。曹伯伯、曹媽媽肯定喜歡的，就這樣囉。」掛上電話，我有點難以置信的沒信心，就因為她來過台灣？據我所知，似乎一些出問題的外勞都是以前來台灣工作過的。況且我要的是一個幫手，長相如何不是那麼重要吧。

心急著。

仲介朋友帶著「甜美的」印尼妹來報到，父母也過來看個仔細。她的中文是不錯，「甜美」？我覺得還好，一樣是黑黑的皮膚，但，因為深深的酒窩讓她的笑加了兩分。父母對她也頗為滿意。

仲介朋友得意的笑著說：「我特別到印尼挑的耶，她夠甜美，而且中文又好。」我總覺得仲介朋友的重點似乎擺錯了位置，但我也沒什麼興趣再繼續扯下去。反正，人都來了，我還要跟朋友辯些什麼？

安安生病了

跟大陸妹看護做了交接之後，「甜美的」印尼妹開始工作了，她幫我拉筋的動作表現得不錯，不過，曹小安的身體卻起了變化，獸醫師在電話中說著：「安安的耳朵很髒，以前不是這樣的。已經有很嚴重的發炎，還有她的腳長了太多個膿包，也就是趾間炎。我建議安安今天先別回家，需要住院。明天我打算幫她劃破膿包，再把它縫合。曹小姐覺得如何？」

我沈默了好一會兒，因為打從安安五十天大到目前為止，趾間炎有過，但，沒這麼離譜呀。

「就照你說的吧，安安就請你費心幫她治療到好再回家。」我把「甜美的」印尼妹請了出來。當我在書房開始我的文字工作時，她很悠閒的躺在床上休息小憩。

「妳有沒有幫安安清耳朵？」

「有。」

「每天都清嗎？」

「對啊！小姐早上還在睡覺的時候，我幫她清耳朵。」她回答得很自然。

「妳現在把棉花棒的盒子拿過來。」我笑著對她輕聲細語。

很不巧，那盒棉花棒剛好是她在這裡工作的第一天，我買回來的。經過這一個月的時間，應該用掉至少三分之一吧。

「哪……一盒？小姐買的那個？」看護面有難色的說著，最後她畏畏縮縮地遞給我那盒大概只用過五、六支的棉花棒。

「我告訴妳一件我最討厭的事，就是不誠實！在我面前說謊，是很笨的事情。如果安安的耳朵爛掉，妳要怎麼辦？」雖然我輕聲細語的，不過我真的很生氣。

自己清理安安的耳朵

曹小安的年紀大了，一想到她的耳朵嚴重發炎，還要劃開她的趾間炎，我擔心得睡不著。我看著旁邊小安的床，開始低低的哽咽。

「喂，安安可以回家啦！嗯……擦地的清潔液也會影響啊。好，我會注意。那費用是多少？我開票給你。」

獸醫師要載安安回來了，我丟了支票給「甜美的」印尼妹。

「妳看一下我花了多少錢？八千多塊！我錢不好賺，妳搞清楚！」我說話的語氣充滿了火藥味。

不過看著安安高興的在家奔跑，我的心也陽光了起來，而從那天起，我請「甜美的」印尼妹擦地時，用清水即可。至於清理安安的耳朵，就讓我自己來吧，找一條大浴巾鋪在床上，再讓安安跳上來躺著。我輕輕鬆鬆解決問題，不需要說謊，不需要裝傻，那盒棉花棒用得可快呢。

無法忍受的謊言

當我在餐桌旁喝著花茶，「甜美的」印尼妹拿著報紙回來。媽媽從小對我們的清潔教育比較嚴格，在家與外出的拖鞋一定是分開的。說實話，這是很基本的常識，而，眼前這位外勞似乎健忘的毛病又發作了。

她穿著同一雙紅色拖鞋進進出出，我說了她一句。「請遵守規定，換拖鞋。」

「我換過了。」她自然得不得了。

「妳在家是穿紅拖鞋，外出是藍拖鞋，這點沒搞錯吧。」我直接點破。

「小姐，我有兩雙紅拖鞋。」她還是很自然的回答我。

「那妳把另一雙紅拖鞋拿給我看。」我倒想印證誰對誰錯。

如果是我錯了，我會跟她說聲Sorry。

印尼妹大刺刺的走到陽台。雖說我家寬敞，但也不至於走了兩分鐘還回不來吧。還好，貼心的小安拿著她的公仔跟我玩「你丟我撿」的遊戲。

「小姐，我……我只有一雙紅拖鞋。」低著頭，甜不起來的印尼妹說著。

「我告訴過妳，千萬別想騙我，因為我雖然不能走路，可我還是動腦過日子的，我還是聰明又敏感的。來，小安！接住。」揭穿印尼妹謊言的我與曹小安繼續玩我們的遊戲，不過，我已經開始考慮換外勞的事了。

趁著跟父母的幾次聚餐，我提出印尼妹撒謊、坐我車打瞌睡、幫我拉筋扳腳趾也睡、把小安的腳弄傷、家裡的清潔工作一團糟，但父母只有一句：「女兒，要忍。這麼『甜美的』外勞不好找，妳愛shopping帶出去也有面子。寬宏大量一點吧。」

當著外勞的面，我反而被責備。我沒說什麼，只是憂鬱症偷偷地嚴重了起來，我不再跟父母說她的不是，但對她的忍耐卻在一次她的扯謊中瞬間爆發。

因為家中隔音做得不錯，所以我如果需要印尼妹的幫忙，即使是在靜靜的深夜裡，我喊破喉嚨也沒用。唯一的方式，就是用手機打家裡的電話，她聽到電話聲，便知道我需要她。

那天午夜十二點，我因為拿不到放在化妝台上的隨身碟，所以我用唯一的方式請她到房間。奇怪的是當我打了好幾次電話，都是佔線的嘟嘟嘟聲音，我開始靜靜地聽，結果我彷彿聽到印尼妹的房間方向好像有著低低的說話聲音，只是，我並不很確定，因為隔音的關係。

於是，我拚了命的大聲叫著印尼妹的名字，連小安都從她的小床跳起。小安懂，她懂我大叫的原因，最後連小安都幫我吠了兩聲。

終於，「甜美的」印尼妹跑到我房間。

「妳在做什麼？講電話？」我大喊之後微弱地講著。

「我在睡覺。」她臉不紅氣不喘的回。

「電話拿來給我。」我告訴自己也許是我的手機出了問題，別生氣。

我拿到無線電話，按下「redial」的鍵，對方說了我不擅長的語言——印尼話。

我按下擴音鍵，讓印尼妹聽個清楚。

「妳為什麼又騙我？」我怒火快要燃燒，整個人大叫著。

被傷透的心

我已經接二連三的被騙，受傷前被男人騙，沒想到受傷後，我竟又碰到這麼一個善於撒謊，還連連被我抓包的外勞看護。

我大聲的哭了出來，但沒有人在乎我的眼淚，也許是因為我太愛哭了，眼淚多到氾濫得不值錢，只有安安，她緩緩的磨著我的床沿。

我允許安安跳上床，抱著她，我反而有一種被安慰的感覺。安安用柔軟的舌頭舔著我，然後用下巴左右磨著我的手臂。

從那天起，我與「甜美的」印尼妹很少有對話。印尼妹也很安靜，也沒問我為什麼會莫名的哭。那個禮拜，我狠狠的花了五萬塊錢去買名牌包包、衣服，我每天哀愁的猛吃宵夜，明明不感覺餓，卻又毫不知味道的吞下那泡麵、麵包與零食。

我不再跟父母提這些事。因為，被責備的永遠不是「甜美的」印尼妹，而是應該寬宏大量的殘廢女兒。

絕望的世界

在我開始麻木、暈眩的腦海裡，我想著一件事——帶著小安一起死。

「我等一下要帶安安出去，妳推我到停車場就可以回家，不用妳跟。」

曹小安披婚紗的模樣。攝影／李文欽　照片提供／《DOG NEWS犬物語》雜誌

「小姐，我真的可以不用去嗎？那我在家睡覺，每天真的很累，擦地、拖地跟洗碗，我都胖不起來……我……」

「甜美的」印尼妹抓住可以說話的機會，拚命的表達她的工作心得。

「去拿狗鍊，不要再說那些，我不想聽。」我內心的一股鬱悶與憤怒突然湧現。

上了車，我只丟了一句「不用輪椅」，便駕車揚長而去。

那個夜晚特別安靜，我連手機都關了，而，我到底該去哪裡？我不知道，看著曹小安乖乖地坐在旁邊，我忽然覺得她是多無辜啊。

車停在北海岸。我喜歡海，那就讓我們隨著海沈淪吧。聽著一首首悲傷的藍調，我趴在方向盤哭著，小安哼哼的叫著，她是這悲劇的唯一觀眾，卻也被我擅自作主，沒問過她意願的，就要她擔任女配角。完全不知情的哼叫是她對我的安慰？還是她的否決？

我真的不懂這個世界的道理，我真的無意要歌頌眼淚，更無意要自導自演，飾演悲劇中的女主角。小安跳上椅子，爬到我的大腿上趴著。這是十三年以來，她第一次未經我允許跳上座椅。

凌晨兩點，我打了電話給「甜美的」印尼妹。我回到停車場，坐上我的輪椅，牽著小安回到溫暖的窩，好好的狂睡了十五個小時。

經過一番掙扎，我決定上訴，包括我的仲介朋友，我邀她一起到家中聽我的投訴，爸爸、媽媽以及仲介的朋友都聽得一臉難過。

我終於勝訴，「甜美的」印尼妹即將被遣返回國當她的公主，不再是我的工人。

陪伴著。

親愛的，我想，就剩下我們倆了。

叫她沒回應，我只能下床跟著妳在地上。

我爬著尋找她，衣櫃已經空白。

我想，她離開了。

我想，很多事情都沒有誰對誰錯。
我想，很多問題並沒有解答。
我跟她之間，每一天都在碰撞。
我總是不斷的提醒著，每一次接觸都在試探。
因為我需要答案，她到底是工人還是公主。

聰明的她知道即將失去工作，她默默的離開。
從頭到尾，她沒尊重我一次。
當我爬在地上，專注於如何移動我的身體，並不會想哭。
當爺爺來到我的住處，他只是看著我嘆氣，我也沒哭。

但，當我看著妳陪著我爬行，妳那加油的眼神真的感動了我。

當我躺在地上，等著爺爺的朋友來抱我起身。

妳主動地蜷縮在我身邊，我被妳溫暖的體溫感動，連眼睛都出了汗。

這樣的活著，我很不期待；這樣的活著，似乎我只能隨波逐流。

那晚，我曾想自私的不問對錯，只讓自己快樂。

那晚，我曾想要妳一起離開這送給我悲傷多於歡笑的冷酷世界。

當妳趴在我身旁，妳無言的表示不想。我還是封鎖了自私，面對現實。

親愛的，我想，就剩下我們倆了。

張開手，準備迎接下一位看護的挑戰吧。

我永遠愛妳

我盡量避免去想……會令我的天空哭泣的事，但，又總會來臨。這是本書存在的意義，也許，讀者們會感動。這是我與曹小安永遠的愛情物語。

我想說：「當哪天回主懷抱，媽•ㄇㄧ，不要哭，我還是愛妳的曹小安。」

承諾著。

「甜美的」印尼妹趁著我還沒起床時落跑，因為，她不想回國。我祝福她不會被警察臨檢，因為我們已經報案。她不再甜美，只是個非法的外籍勞工。

她的離開，雖然使我失去雇用外勞的資格，可我的心情還恢復得真快，我不再亂刷信用卡，也不再沒理由的亂吃東西。

我突然笑了！在一點聲音也沒有的客廳裡，笑得開懷，笑得自然，笑得大聲。小安靠近我，用身體磨蹭著我的輪椅。沒錯，她的小小腦袋真的懂我，懂我笑的原因，懂我下一個動作就是用我的雙手摸著她，讓她的前腳搭在我沒知覺的大腿上，跟她親親，跟她說說「曹小安，我愛妳」。想想，我真的是夠簡單的，簡單得讓小小狗腦袋就看穿我。人真的可以這麼簡單。

我與安安形影不離

小安今年十四歲了，她是我最愛、最疼的狗，因為我曾經幾乎崩潰，被人看低，一個人眼淚流不停，總是沒來由的就哭了。我以為我完了，我以為生命已到盡頭，準備進瘋人院吧。

現在，無論我到家裡哪一個角落，小安肯定跟在旁邊，就像每天的文字工作，我快樂的喝著咖啡，努力的敲著鍵盤。

但，在我遞出這篇文稿的兩個月前，我得知一個令我傷心、難過的消息，喜歡聞我髮香的Barbara永入主懷。她是安安的妹妹，卻早一步離開人間。

我受傷後，Barbara與哈士奇小乖寄放在以前的合作廠商家中，我很放心，因為他們一家子也相當愛狗。但疏忽掉Barbara的咳嗽，總以為那是個小問題，卻沒想到因此而帶走了那個胖胖的、臉上總有一抹快樂表情的Barbara。

我最後一次見到Barbara是在四年前安安的生日派對上。雖然時間與生命都不停的流動，但我對Barbara的記憶，卻永遠停格在四年前切蛋糕的那一刻。Barbara貪吃的模樣，永遠印在我心上。

我也不禁擔心，安安與我共處的日子，會在哪一天結束？終究，我會面臨孤單，這也是我之所以用文字記錄下我與安安感情的理由。照片會泛黃，人的記憶力會退化，唯有文字，不會過期，不會消失，並有它難以被取代的意義。

在每個國家或城市，都有所謂的地標，曾經我與過世的二姊相約要到一〇一上笑看紅塵，而，當一〇一蓋好時，紅塵依舊，人事已非。我與曹小安的心中也有地標，我想，應該是「盲人重建院」的草皮吧。在她受訓時，我總利用週末假期去看她，跟她在草皮上一起瘋、一起跑、一起跳。

而，這所有的記憶與所有的心事、祕密，都在我的心中築起一座璀璨的地標，它叫永遠。

讓我們彼此陪伴，走到天涯海角。

國家圖書館預行編目資料

所以，我愛上了狗／曹燕婷著. -- 初版.
-- 臺北市：寶瓶文化, 2007[民96]
面； 公分. --(vision；63)
ISBN 978-986-7282-77-4(平裝)

855 95023875

vision 063

所以，我愛上了狗

作者／曹燕婷

發行人／張寶琴
社長兼總編輯／朱亞君
主編／張純玲
編輯／夏君佩
外文主編／簡伊玲
美術設計／林慧雯
校對／張純玲・陳佩伶・余素維・曹燕婷
企劃主任／蘇靜玲
業務經理／盧金城
財務主任／趙玉雯 業務助理／彭博盈
出版者／寶瓶文化事業有限公司
地址／台北市110信義區基隆路一段180號8樓
電話／(02)27463955 傳真／(02)27495072
郵政劃撥／19446403 寶瓶文化事業有限公司
印刷廠／通南彩色印刷有限公司
總經銷／聯經出版事業公司
地址／台北縣汐止市大同路一段367號三樓 電話／(02)26422629
E-mail／aquarius@udngroup.com

著作完成日期／二〇〇六年三月
初版一刷日期／二〇〇七年一月
初版二刷日期／二〇〇七年一月八日
ISBN-13：978-986-7282-77-4
定價／210元

AQUARIUS 寶瓶 文化事業

愛書人卡

感謝您熱心的為我們填寫，
對您的意見，我們會認真的加以參考，
希望寶瓶文化推出的每一本書，都能得到您的肯定與永遠的支持。

系列：V063　　**書名：所以，我愛上了狗**

1. 姓名：＿＿＿＿＿＿　性別：□男　□女
2. 生日：＿＿年＿＿月＿＿日
3. 教育程度：□大學以上　□大學　□專科　□高中、高職　□高中職以下
4. 職業：＿＿＿＿＿＿
5. 聯絡地址：＿＿＿＿＿＿＿＿＿＿＿＿＿＿

   聯絡電話：(日)＿＿＿＿＿＿(夜)＿＿＿＿＿＿

   (手機)＿＿＿＿＿＿
6. E-mail信箱：＿＿＿＿＿＿＿＿＿＿
7. 購買日期：　年　月　日
8. 您得知本書的管道：□報紙／雜誌　□電視／電台　□親友介紹　□逛書店　□網路　□傳單／海報　□廣告　□其他
9. 您在哪裡買到本書：□書店，店名＿＿＿＿＿　□劃撥　□現場活動　□贈書　□網路購書，網站名稱：＿＿＿＿＿　□其他＿＿＿＿
10. 對本書的建議：(請填代號　1. 滿意　2. 尚可　3. 再改進，請提供意見)

    內容：＿＿＿＿＿＿＿＿＿＿

    封面：＿＿＿＿＿＿＿＿＿＿

    編排：＿＿＿＿＿＿＿＿＿＿

    其他：＿＿＿＿＿＿＿＿＿＿

    綜合意見：＿＿＿＿＿＿＿＿＿＿＿＿＿＿
11. 希望我們未來出版哪一類的書籍：＿＿＿＿＿＿＿＿＿＿

讓文字與書寫的聲音大鳴大放

寶瓶文化事業有限公司

(請沿此虛線剪下)

廣　告　回　函
北區郵政管理局登記
證北台字 15345 號
免貼郵票

寶瓶文化事業有限公司　收

110 台北市信義區基隆路一段 180 號 8 樓

8F, 180 KEELUNG RD., SEC. 1,

TAIPEI, (110) TAIWAN R.O.C.

（請沿虛線對折後寄回，謝謝）